U0068182

錢鍾書

知識份子的存在與荒謬

小說的主題思想

辛金順——著

學術論文的書寫典範
——讀辛金順的論文《知識份子的存在與荒謬 ——錢鍾書小說的主題思想》幾種原因

王潤華

一、學術著作閱讀愉快的經驗

我一口氣把辛金順的論文《知識份子的存在與荒謬——錢鍾書小說的主題思想》，從頭到尾讀了兩遍，這在今天出版的學術專著或單篇學術論文，很少有如此愉快的閱讀經驗。他的論文雖然理論結構複雜，引經據典，深度分析，充滿真知灼見，但行文通暢，不像時下許多學術論文，炫耀西方理論，故意玩弄詭譎的文句，詰屈聱牙，難於閱讀與消化，往往令人看了不到十分鐘，就身心疲憊。

所以這本論文，是撰寫學術論文的典範。尤其研究生，年輕學者，一定要多讀幾遍。學術論文需要給讀者帶來愉悅，不只是學術價值、真知灼見。只有讀了這本紮實的學術著作，您才敢問：誰說閱讀學術著作是畏途、單調無味？

二、人文社會科學研究典範的轉移

　　辛金順的論文《知識份子的存在與荒謬——錢鍾書小說的主題思想》，其次告訴我們人文、社會科學研究典範的轉移，就如今天的資訊科技，瞬息萬變。文學研究者需要一定的掌握能力，才能運用自如；尤其在運用／挪借西方理論做為研究方法時，更需要敏銳的警覺與反省，才不會陷入西方理論的盲井中。而在這方面看來，辛金順在操作理論前，具有很好的自覺和省思：

　　　　每一種理論都存在著洞見與盲點的辯證關係，因此，在
　　　借用讀者反應理論時，筆者將摒棄此一理論的某些觀
　　　點，並不盡然以讀者的主觀視角做為解讀的唯一法則，
　　　或讓主觀批評進行自我的無限擴張。在這裡，本論文的
　　　論述將會考慮到作者主體被閱讀和理解的效應，雖然，
　　　作者與文本中的敘述者並不等同，而且文本一旦在完成
　　　之後，便與作者脫離關係，變成另一種意義的存在，但
　　　誠如艾柯所說，在注重文本的同時，卻認為作者與文本
　　　的詮釋毫無相關，並將之排除出去的作法，無疑是顯得
　　　太過武斷。（艾柯，1997：79）因為在詮釋文本時，讀

者還是必須尊重作者當時所處於的社會和時代背景，以及其寫作的具體語境，這樣才不會在無限多的詮釋可能性中形成真空式的漂浮。

很明顯的，他擔心目前學術界常常發生的「過度詮釋」的行為，所以在認知作者、文本與讀者間所形成的平衡關係上，他也有自己的一方見解：

> 另一方面，在對文本進行解讀的活動中，也可以經由此一規範制約「過度詮釋」的行為，畢竟文本向閱讀開放所衍生的歧義性並不等於無限性，它仍然是有其特定的意義限制的。所以，為了不使閱讀過於偏離作者，這裡乃是把文本與作者視為第一主體，而讀者和閱讀行為則構成第二主體，由此，以互為主體（inter-subjectivity）的交涉，而開展出本論文的論述策略，即通過第二主體對第一主體的再生產，把第一主體擺放在第二主體的解讀和評價中，以去探尋其之存在的價值和意義。

從我個人比較熟悉的中國文學與文化研究的這個小領域，近幾十年來，研究典範的瞬息萬變，如政治環境的變化、科學思維衍生出來的分析方法、資訊科技如何在二十世紀以來，

一直影響著我們，並一直成為我們研究典範導航系統。譬如科學與其衍生的資訊科技，今天隨著全球化，主宰著全人類的生活，支配著我們的現代生活與思想，學術研究更加如此。余英時在一篇論述二十世紀科學典範下的人文研究的論文〈回顧二十世紀科學典範下的人文研究〉中指出，二十世紀的人文、社會科學在建立它們個別領域中的知識時，都一直奉自然科學為典範。這因為自然科學如物理所獲得的知識具有普遍性、準確性、穩定性，其方法也十分嚴格。所以人文研究一直在科學典範的引誘下，向科學靠近學習。實際上政治社會環境的變遷、學院文化思潮的翻來覆去，不斷創新批評理論。在近二十年，個人的、人文的、社會的思考又重回文學的領域，加重非「普遍性、準確性、穩定性」的思考與因素，比如辛金順論文中運用的讀者批評理論。

新思想、新研究方法、批評方法與視野、新理論，現在常用典範或思想模式（paradigm）來通稱、目前在學術界，這是一個很時尚的名詞。英文paradigm指思想的方式（patterns of thinking），它影響人對世界的看法，因而改變了現實。王賡武在一篇〈典範轉移與亞洲觀點對研究與教學的影響〉論文中指出，目前出現許多典範轉移（paradigm shifts）。西方思維模式的轉變，通常由於學術思潮所造成，或是對社會變化所引起的反應。在亞洲過去五十年來，特別是那些新興國家，

思維模式轉變，往往由於大環境，尤其政治經濟的改變與發展所造成。目前影響亞洲各國學術界研究就的新典範，根據王賡武的說法，可分成二大類型。一種主要在西方產生，這是知識驅動型（knowledge driven），另一種是環境變遷所造成，那是第三世界的思維產品。王賡武把目前比較顯著的，對亞洲人文與社會科學學者在研究與教學有影響力者，列出十種新思維模式。其中屬於環境轉變型（situational shifts）者，有四種：

（一）從殖民轉變成反殖民思維模式。

（二）從古典／傳統轉變成現代／西方思維模式。

（三）自由開放社會科學思維模式轉變成馬克思思維模式，然後又轉變會回去。

（四）從重視文化詮釋轉變成排除文化的詮釋，然後又重新重視文化的詮釋。

其他主要由西方入口的思維模式有六種：

（一）後現代

（二）性別研究

（三）東方主義

（四）歷史終點論

（五）文化衝突論

（六）沒有邊界的世界論

　　以上這十種新思維模式，雖然會有所爭議，甚至說某些不能採納為思維模式典範，但至少好幾種思維模式對人文與社會科學各學科，尤其二十世紀中國文學有廣泛的影響力。在這些思考的典範中，至少用在中文文學與文化的研究上，無論是從殖民轉變成反殖民思維模式，文化詮釋轉變成反文化的詮釋，還是東方主義的思考、民族主義無一不在。我在下面綜合性，選擇一些實例加以說明民族主義在二十世紀中文文學與文化的論述中的關鍵性。尤其人文、社會科學研究典範的轉移，更是導致閱讀的改變，所以金順說：

> 另一方面，通過時間的兩相對照，三十年前後，一些讀者對錢鍾書小說閱讀觀點（reading point）的轉換，闡釋的不同，立場的紛歧與評價的迴異，無疑徵示著錢氏的小說是具有其之可讀性的一面，換句話說，錢鍾書小說本身所具有的「不確定性」可供讀者以各自不同的社會與歷史「視界」（horizon）來加以詮釋，使其在不同讀者的閱讀下呈現出多面的含意。

辛金順所說「錢鍾書小說本身所具有的「不確定性」可供讀者以各自不同的社會與歷史」又帶出貫穿該書最大的解讀方法，即：文化批評。

三、在後結構主義、後現代、後殖民主義衝擊下的文化批評

其次，此一論文，無疑體現了文學研究成為文化批評的新典範研究。

就當下而言，這是一個後學時代，目前文化研究的三大潮流，都姓「後」：後結構主義（Post-Structuralism）、後現代主義（Post-Modernism）、後殖民主義（Post-Colonialism）。後學的研究潮流促使一切人文與社會科學研究，包括文學，加上後姓之後，便從文化的廣大角度來研究文學。姓後的學術思潮解構了意義結構、文本結構與詮釋方法姓，於是包括文學批評在內的文化研究（Cultural Studies）便出現了。這個學術思潮由許多東西方文化思想家突破性思考下產生的，有些是社會環境，他們都肯定文學是社會、政治、文化歷史、性別、民族等力量爭鳴的場所與產物，因此以新的文化研究超越或取代傳統的狹窄的文學批評。他們多說明，少評價，與其評論其重要性，他們更重視把文學作品與文化產品與事件聯繫起來論說其

關係與意義。因此他們的研究與發現往往超越經典名作之外，肯定其他有價值的被正統思想埋沒的作家及作品，以及許多文化課題。

　　使用文化批評時，有所偏重時，往往將促使批評進入另一種不同名稱的批評話語，它與文化批評重疊交錯的重要幾家是馬克斯文化批評（Marxist Cultural Criticism）、女性主義文學批評（Feminist Criticism）、性別文學批評（Gender Criticism）、後殖民文學理論（Post-Colonial Literary Theory）、新歷史主義（NewHistoricism）。然而，在這方面，辛金順在論文中卻輪流使用另一種不同名的批評話語，請看下面：

　　　　從承載著西方文化訊息的話語中，可以窺見錢鍾書有意
　　　　通過這種書寫策略去反映小說中的文化殖民現象。從另
　　　　一個角度而言，也可以說他是以殖民文化的視角去審視
　　　　其小說中的一些人物或事件，以致在這視角下所觀照出
　　　　來的知識份子和社會景觀，都具有人格蛻變和畸形的特
　　　　徵。同時必須在這裡指出，錢氏這種將外來話語硬植而
　　　　產生語意混亂和破碎的雜交方式，是隱含著對中西文化
　　　　錯位中一些找不到身份（identity）的知識份子之反諷，
　　　　他們表面西化，體內卻遺傳著中國傳統文化的血液，在

不中不西，又中又西的文化雜交點上，他們實際上無法在文化的語境中尋找到自己的位置。

四、由單元走向多元化的文學批評

在此，請再閱讀辛金順論文中的這一段話：

往往是一種對話與思辯的過程，在面對一個具有開放性的文本，不同的視角將會呈現出不同的詮釋面向。而作為一個讀者，穿行於文本之中，隨著閱讀進程而不斷轉換自己視點的同時，是有必要向隱藏在文本背後的作者進行一系列的對話與辯證，以拓展廣闊的閱讀視域和從中理解更新的意義。因此，這一場閱讀，不只是讀者的一種參與和闡釋活動，甚至也可視為一份對文本意義的建構和指引。

無可否認，文化批評帶給文學批評另一項革命是推翻長期以來詮釋文學作品意義時，一直著重單向、固定、唯一的層面的思考方式。羅蘭巴特（Roland Barthes），以及其他解構主義（Deconstruction）、讀者反應文學批評（Reader-Response Criticism）家都指出，教師的工作即把每篇作品的直接意義都

硬性找出來，而後傳給學生。這種教條式的教學所了解的只是字面意義，文本所引申或涵蓋的多層面意義，就完全被忽視省略了。巴特認為所有字或語言都是模棱多義的，沒有所謂正確或不正確，文學批評家的主要任務是不斷的給作品提出新的意義，而非限定或局限作品的意義。因此今天以作者或權威學者為中心的傳統閱讀或詮釋為唯一的方法，已被否定與推翻，文本中的意義只有通過讀者的不同的社會生活經驗，才能較完整的詮釋出來。在不同的時代，每部作品都可以找出新的意義。把讀者召喚回來，是目前文學批評的一大突破。

五、詩人批評與挖掘「存在的遺忘」

　　辛金順是詩人學者，有實際創作經驗，就是愛略特（T‧S‧Eliot）所說的「詩人批評家」（poet-critic），他對小說的透視力，遠遠超越學院培養的學者，我發現他與作家如米蘭‧昆德拉在《小說的藝術》所認識的小說藝術奧秘很相似，也非常前衛，兩人都喜歡海德格的哲學出發去思考。米蘭‧昆德與辛金順都抱怨目前的小作家多受科學單面向的性格的影響，將人生簡化為一般單純的客體，將生活的具體世界，尤其內在的、潛意識的，排除在視野之外，讓我們看不見生活

的整體與自己，陷入海德格所說的「存在的遺忘」。人的具體存在、人的生活世界，不再具有任何價值。所以辛金順重要挖掘與以前學者所見的《圍城》的不同，這完全可從他論文架構中所設定的三個章節窺見一斑。

第一章　文化命題：審視與反思
第二章　情感命題：追尋與失落
第三章　人生命題：存在與虛無

而米蘭・昆德拉在《小說的藝術》中曾指出，歐洲小說在人類文化中的偉大價值，正是對這被遺忘的存在進行探索。正如辛金順指出，錢鍾書在這部小說裏，發現了中國人種種不同面向。米蘭・昆德拉在《小說的藝術》裏說，簡單扼要的，精彩萬分，說明歐洲的小說家掘了人類多種不同的面向：如山繆爾・李察生（Samuel Richardson）檢視內在發生的事，揭示感情的秘密生活；巴爾扎克（H. Balzac）發現人在歷史裏頭紮根；福樓拜（Flaubert）探索無人知曉的日常生活的土壤；托爾斯泰（Tolstoi）俯身探視非理性如何俘虜人類的行為；普魯斯特（Marcel Proust）與喬艾斯（James Joyce）探測無法捕捉過去與現在的時光與回憶。湯瑪斯・曼（Thomas Mann）懷疑現代人還是還是沿着古老的神話的腳步走去。

歐洲小說，從現代開始，帶着認識的激情，深入探索，並保護人的具體生活，對抗存在的遺忘，認識和發現人的種種生活面，纔是小說存在的理由。所以辛金順在其論文中的發現與發掘，進而深入探討出錢鍾書企圖以小說書寫，深刻地銘刻中國人種種不同的存在面向，無疑是慧眼獨具，且別有意旨的。

　　最後，在這裡，我僅用辛金順這段話結束我對其論文的讀後感：

　　　　這是一種對人性存有的反省態度，而反省，正是每一部
　　　　偉大和真誠的小說最深沉底憂鬱之所在（盧卡奇／楊恆
　　　　達譯，1997：58）。對錢鍾書而言，這裏頭，卻是含蓄
　　　　著他身集中、西文化知識份子一份存在的悲感。在中國
　　　　現代作家中，幾乎很少人像錢鍾書那樣，對知識階層做
　　　　出尖銳的諷刺和無情的批判。而在諷刺與批判的背後，
　　　　他企圖以超越的姿態，去跨出歷來中國知識份子所持抱
　　　　的身、家、國之傳統觀念，並將自己的關懷投射向人、
　　　　人性、人生的存在思考。所以，在《圍城》的序裏，他
　　　　就開張明義的說，他想寫的是「現代中國某一部分社
　　　　會、某一類人物」，可是他的終極視角，並不是囿於自
　　　　己所歸屬的這一知識階層類，而是對「無毛兩足動物基

本根性」的警悟。（1995：xv）就這一反省，從深沉意義來講，是一種生命的揭顯，也是一種追尋自我的存在思索。

　　而這樣的存在思索，也是辛金順此論文中，一個至終的探思與追尋。

　　　　　　　　*序者：南方大學學院副校長

目　次

緒　論

第一節　生成與位置

　　在二十世紀中國文學的進程與遞變中，五四做為文學革新的臨界點，不僅是銘刻著一個民族心靈與思維的轉換，而且也是記錄著「人」之自我發現與自我認知的掙扎過程。這時期的作家，在大膽否定傳統、批判舊學和重塑國民靈魂的同時，更大力地提倡與鼓吹人之做為人的自主性與獨立性，亦即實現個性解放與人格獨立的精神。這份主體意識和創造活力，無疑為文學，尤其是小說的創作挹注了一股風潮。故李歐梵指出，五四時期的小說特點，不是在於作家們把書寫轉向自身或轉向藝術場域，而是淋漓盡致地展示出他們的個性，並毫無掩飾將這種個性色彩打在外部的現實上（李歐梵，1996：288）。這樣的創作趨向，在當時構成了現實主義與浪漫主義那雙峰並峙，二水分流的局面；也形成了「人的文學」之輝煌時代。因此，

一些小說都有一個共趨性的主題意識：其一，即以人本主義做為創作的基調，以表現出人的意識覺醒；其二，則是在尋找自我與發現自我的精神探索中，去肯定人的地位與尊嚴。而這時期的小說家，主要是以魯迅、茅盾、葉紹均、王統照和郁達夫等為代表。尤其是魯迅，他那企圖撕掉傳統假面，打落國民病根的作品，是最具有批判與啟蒙的精神，對三、四十年代的作家如巴金、老舍、柔石以及丁玲等的創作，具有一定的影響。這些作家的作品，不論是否含具著「文學的啟蒙」或「啟蒙的文學」意識[1]，實際上，他們在中國文學史上都已被奠定了一個相當重要的位置。

然而，到了四十年代中的抗戰期，不少的作家在歷經了文化的裂變與抉擇、尋找與呼喚後，一些價值取向也已逐漸沉澱下來。而抗日的炮火卻把「啟蒙」的聲音壓了下去，且變奏為「救亡」的曲調，以承擔起抗日的使命。如臧克家所說的：

---

[1] 陳思和對五四前後新文學的啟蒙作用，將它分為兩方面來加以理解，即「啟蒙的文學」與「文學的啟蒙」。前者在這意義下是以文學作為變革與新民的作用，故文學在此是被視為一種手段，以負起新文化運動中思想的啟蒙作用。而後者則是文學的文體革命，以藝術做為文學的審美精神，而摒除傳統文學中「文以載道」的陳腐觀念，並讓人的情性在文學中得以解放（陳思和，1997：31）。這兩種啟蒙作用，互相激盪也互相對峙，可以說是豐富了整個中國新文學的作品。

「當眼前沒有光明可以歌頌時，把火一樣的詩句投向包圍我們的黑暗叫他燃燒去吧！」（龍泉明，1992：224）在這種情況下，文學成了武器，作家卻成了炮手，許多的作品更是成了抗戰的宣傳口號，文學的價值也跟著傾斜。這期間雖然也有一些舊作者仍孜孜不倦地在創作，如茅盾、巴金、沈從文與老舍等，但他們的小說再也無法超越自己在戰前時的舊作，如《子夜》、《激流三部曲》、《邊城》及《駱駝祥子》了。反而在那半殖民地與半封建社會的孤島上海，卻出現了幾個相當特出的小說家，像張愛玲、錢鍾書與師陀等。尤其是前兩者，以其耀眼的才情，在那時候創作出了他們的代表作。

如果以張愛玲與錢鍾書做比較，雖然兩人的作品因為都不具有抗戰時代的氣息，而被指為缺乏對世事的關懷，並被排除在當時文壇的主流之外，然而前者在上海仍然是最紅與最受歡迎的作家；反而後者的作品，如《人獸鬼》[2]及《圍城》[3]，固然在出版後也曾經受到一些讀者的注目與喜好，可是因為錢鍾

---

[2]　錢鍾書的〈靈感〉曾於1945年10月發表在周煦良與傅雷合編的《新語》月刊的創刊號上。而〈貓〉則發表於李建吾、鄭振鐸合編的《文藝復興》月刊創刊號（1946年1月）。此二篇小說後與〈上帝的夢〉及〈紀念〉結集為〈人、獸、鬼〉短篇小說集。並於1946年6月由上海開明書店出版。全書除序外，共八萬餘字。

[3]　錢鍾書長篇小說《圍城》最早刊於《文藝復興》。由一卷二期起（1946年3月）迄1947年1月1日二卷六期止。後於1947年5月由上海晨光出版社出版。迄1949年3月發行了三版，由此可見《圍城》在當時受歡迎的程度。

書並沒有像張氏那般多產，故其在小說創作的聲望上，實是無法與當時的張愛玲比擬。及至1949年後，錢鍾書的作品更因國內時局政策的的變動，加上毛澤東所提倡與獎勵的工農兵文學之興起，以及共產黨加緊意識的清算，而不得不被束諸高閣，以致被完全忽略與遺忘掉了[4]。

唯在海外，這時候任教於美國的夏志清卻開始著述了一部《中國現代小說史》，並於1961年交由耶魯大學出版。在這部小說史中，他不獨將錢鍾書從眾人的遺忘中拉拔出來，並將他的作品列為專章討論外，而且還對他的小說加以推崇備至。如稱《人、獸、鬼》中的作品為「對發展中的中國短篇小說傳統，有不少的貢獻」，更讚賞《圍城》為「中國近代文學中最有趣和最用心經營的小說，可能亦是最偉大的一部，甚至比《儒林外史》更優勝」（夏志清，1979：380），夏志清對錢鍾書小說的慧眼獨具並加以推舉，遂引發一些海外學人開始對錢氏作品的研讀。這現象與當時大陸治現代文學史而罔顧錢氏

---

[4] 在王瑤的《中國新文學史稿》（1953）、丁易的《中國現代文學史略》（1955），以及劉綬松的《中國新文學史初稿》（1956）這三本頗具代表當時中國新文學流向的的文學史，對錢鍾書的作品隻字不提。造成這原因，主要是錢鍾書的作品比較注重文學本身的審美規律性，而忽視中國文學自傳統以來所強調的社會教化性功能，以致被隔離於中國文學發展的主潮之外。因此，舒建華認為，錢鍾書作品偏離了中國歷史的中軸線，主要是在民族文學觀點上的因素。（舒建華。1997：33-41）

在這一方面的成就，顯然形成了非常鮮明的對照。這無疑是一個相當有趣的問題。

雖然站在今天來看，夏志清的《中國現代小說史》因存有個人的政治立場與判斷，尤其在反共意識方面，常為人所詬病。更有者指出，他在小說史中因特定的使命與意圖，導致了他對作家與作品的評騭作出了錯誤的評價（趙遐秋／曾慶瑞，1984：6）。但他把錢鍾書等從小說史中考掘出來，如王德威所說的，可以「促使我們重新思考文學史的脈絡」（王德威，1993：390）。這樣的史家觀點，一直以來，還是被許多大陸以外的學者所認同與肯定的。

反過來看，在大陸方面，自錢鍾書的小說《圍城》甫一出版，雖也頗受讀者大眾的歡迎，但在評論界卻是毀多於譽。畢竟抗戰剛剛結束，國共之爭卻又演變得更加激烈，在這情況之下，錢鍾書那不含具抗戰與宣傳色彩的小說，自也免不了被一些讀者尖銳地批評和揶揄一番。如有人認為他作品中所表現的時代感極其薄弱，思想與藝術性也呈現了明顯的侷限，因此將之貶斥為看不到現實人生的病態作品，甚至還舉之與張資平、馮玉奇的三角戀愛小說相提並論，而稱謂它彷如「一幅有美皆臻無美不備的春宮圖，是一劑外包糖衣內含毒素的滋陰補腎丸」（張羽。1948：49），也有者貶之為「抓住不甚動蕩社會的一角材料，來寫幾個爭風吃醋的小場面」（無咎。1948：

26），甚至有人將錢氏的作品歸類為高級趣味的消遣書等等。這些評論，呈現了一種偏激的理解或誤讀（misreading）的現象。因此，沉默與隱晦了三十多年後，當錢鍾書與其作品又重新在七十年代末被挖掘了出來，並形成了一股熱潮後，以上的評論很快就被駁回，一些評介與論述文章亦相繼出現，甚至還有一些學人發起了「錢學」[5]來加以推波助瀾，並企圖將錢氏的作品推向一個高度的評價峰位，這樣的現象，固然可以說是反撥了四、五十年代那些評論者對錢氏作品的貶斥與冷落，但「錢學」們對錢鍾書作品的過於溢美，是否正確？這現象，又是該如何理解？

　　另一方面，通過時間的兩相對照，三十年前後，一些讀者對錢鍾書小說閱讀觀點（reading point）的轉換，闡釋的不同，立場的紛歧與評價的迥異，無疑徵示著錢氏的小說是具有其之可讀性的一面，換句話說，錢鍾書小說本身所具有的「不確定性」，可供讀者以各自不同的社會與歷史「視界」（horizon）來加以詮釋，使其在不同讀者的閱讀下呈現多面的含意。只是，引起筆者最大的興趣還是，錢鍾書的小說創作，在歷史中沉寂後，被考掘出來又再度受到讀者大眾的狂熱喜

---

[5]　對錢鍾書的研究（錢學），是由鄭朝宗與周振甫等人大力提倡，而在80年代末蔚為一股熱潮，可是這股熱潮卻在90年代中已逐漸消退了。

好，究其魅力，到底何在？此外，如果剝除了幽默與諷刺的修辭語言外衣，令人好奇的是，單以作品的主題思想，是否足以表達其之內蘊並撐起時代的重量？還是如一些論者所批評的時代感薄弱，內容侷限？因此，為了尋索此一答案，唯有操刀入裏，進入錢氏的小說文本中，通過分析解讀，才能對錢鍾書的小說做到更徹底的瞭解和更深層的把握。

實際上，錢鍾書是一個學貫中西、融通古今的學者型作家，他的才氣縱橫和淵博的學問，常常令人產生「叔度汪汪如千頃陂」[6]之感（鄭朝宗，1986：86）。而其之小說更是鮮明地透露出了自己的心向：即探索人性的弱點和觀察人生的困境，進而對文化人格，作出極其深刻的心理審視與道德批判。從這方面而言，他是具有一種生命存在的悲感。而他的這份悲感，無疑是通由小說中的諷刺意涵透顯出來。

至於諷刺，就如克拉克（A．M．Clark）所指出的，它是以揭露愚蠢和譴責邪惡為標的（阿瑟・波拉德著／謝謙譯，1992：6），在某方面而言，它對讀者涵具了淨化情緒，洗滌靈魂的心理治療作用；或像一面鏡子那般，在鑑照出眾人潛藏

---

[6] 有關錢氏這方面的特質，其實在他青年時期就已初露端倪了。吳宓就曾將之與陳寅恪並舉，認為他們都是文史方面的人中之龍，其餘的人，都只不過爾爾。鄭朝宗更是指出，凡是與錢鍾書見過面的人都會被他的學問和知識所驚嘆（鄭朝宗。1986：86）。由此可以窺見，錢氏在學問和才氣上，所表現的超群與卓然之一斑了。

在人性內部的暗影同時，企圖給以滌除。而錢鍾書的這一份心向，可從他所寫的〈中國文學〉一文中窺得：

> 中國諷刺作家只徘徊在表層，從未深入探察人性的根本頹敗………正如中國戲劇家缺乏「悲劇的正義」的意識，中國諷刺作家也缺乏火一般地將所觸及的污穢物淨化成狂暴的憤恨（saevaindignatio）」[7]

這是一種對人性存有的反省態度，而此反省，也是每一部偉大和真誠的小說最深沉底憂鬱之所在（盧卡奇／楊恆達譯，1997：58）。對錢鍾書而言，這裏頭，更是含蓄著他身集中、西文化知識份子一份存在的悲感。尤其在中國現代作家中，幾乎很少人像錢鍾書那樣，對知識階層做出尖銳的諷刺和無情的批判。而在諷刺與批判背後，他同時企圖以超越的姿態，跨出歷來中國知識份子所持抱的身、家、國之傳統觀念，並將自己的關懷投射向人、人性、人生的存在思考上。所以，在《圍城》的序裏，他曾開張明義的說，他想寫的是「現代中國某一部分社會、某一類人物」，可是他的終極視角，並不是囿於自

---

[7] 此摘錄轉引自胡志德（Theodore Huter）論《錢鍾書》（*Illumination of Chinese Fictional Conventions in Qian Zhong Shu's Wei Cheng*）的中譯本（1990：39-40）。此文是錢鍾書為《中國年鑑》（*Chhinese Year Book 1944-45*）所寫的英文論文。

己所歸屬的這一知識階層類，而是對「無毛兩足動物基本根性」的警悟。（1995：xv）就這一反省，從深沉意義來講，是一種生命的揭顯，也是一種追尋自我的存在思索。

其實，如上面所陳述的，在錢鍾書之前，站在「人」這本位上來寫作的作品相當多，尤其是五四時期新潮社作家所倡「人生的表現和批評」之小說，以及文學研究會所大力鼓吹的「為人生而藝術」的創作觀念，這些作家如周作人、沈雁冰、鄭振鐸、葉紹均、王統照等，都在創作中貫徹了「表現人生，指導人生」的理念[8]。因此，人、人生的問題成了他們創作的主題。甚至魯迅的作品，尤其以〈狂人日記〉為典型，亦表現了思考人生、追尋人本質的內涵特色。可是，必須在這裡指出，同樣是寫人、人生、人性，錢鍾書在文本中所展現的，卻是一種自覺的冷凝，深峻而尖刻，並趨向哲理性的思考，這與文學研究社諸作家以「情緒的體驗和感受的真實」（包忠文。1992：516）作為創作認知，是有其本質上的差異。故對錢鍾書作品總體的閱讀體驗，予人不是情性的感興，而是智性的警醒。所以，舒建華很透徹地指出：從對具體人生體驗和普泛的

---

[8]　文學研究社的成員都對文學抱著嚴肅的態度。他們均堅守著寫實主義與人道主義的傳統。如周作人的「人的文學」表現著這種態度；葉紹均所堅持的「小說與人生抱合」也是這種態度。他們在創作中對人生的問題表達了自己獨特的思考，並努力的通過情緒體驗與感受的真實，去認知和把握人生。

人生經驗思考，錢鍾書都力圖將小說提升到哲學本體的高度上去反思，並力圖將這種反思虛涵在藝術象徵之中（舒建華。1997：37）。這種「力圖提升到哲學本體高度上去反思」的表現，是形成錢鍾書小說的最主要特色。

故本論文期待對此做更深一層的探討與縷析，並希望能通過比較全面的解讀，去把握住作品的內容，也冀望從中對錢氏小說的主題思想，做一深沉的建構和詮釋。

此外，對於錢鍾書的小說，撇開外緣研究的文章不論，不難發現，歷來對錢氏作品的探討，主要是集中在《圍城》這部長篇小說的人物刻劃上、敘述觀點、小說結構、語言表現、描寫技巧、人生觀感等等，反而是對主題思想方面，卻只有少數的學者去進行探索與研究；尤其是《人、獸、鬼》中的四個短篇，至目前為止，有心對它做綜合性討論的讀者亦不多[9]。除此，

---

[9] 到目前而言，論錢鍾書的學位論文，在美國有胡定邦（Dennis Hu）的《從語言文學的角度研究錢鍾書的「圍城」》（*A Linguistic-Literary Study of Chien Chung-Shu's Three Creative*：1978）與胡志德（Theodore Huter）的《傳統的革新：錢鍾書與中國現代文學》（*Traditional Innovation⊠Qian Zhong-Shu and ModernChinese Letters*：1977），前者主要是從小說中的象徵形象與語言系統去論錢氏的《圍城》；後者則通過中國文學的文化背景去分析錢氏的大部份作品，包括《談藝錄》。實際上這兩部博士論文並未涉及錢氏小說的主題思想部分。至於在1976年由香港中文大學麥炳坤所撰的碩論：《論錢鍾書的散文與小說》，雖個別探討了《圍城》與《人獸鬼》的主題、情節、人物描寫與藝術表現，惟論述過於浮泛，尤其在小說主題的處理方面，近乎變成了故事簡介或內容概述，故讀來不免令人覺得可惜。而在台灣方面，最早以專書論錢鍾書小說的是周錦的《圍城研究》（1980），此書以分題式歸納出《圍

《圍城》的評論文章雖多，但若對這些文章做比較嚴格的審視，則可以發現，除了少數論述較為縝密精確外，絕大部份都流於推介式的簡論、讀後感或採取印象式的點評。因此，在架構和探討的論點上，就不免過於零散、片面化與點到即止了。

故本論文企圖從根本和系統性的閱讀方式，去探討錢鍾書小說中的主題思想，這主要是針對人、人性和人生這三大環節來加以梳理，希望能以此闡釋出錢氏幽默和諷刺話語背後，所透顯的生命孤立與漂泊、人性情欲的掙扎、壓抑與矛盾、人生乖離與失落的存在困境，同時也旁及探討在中西文化錯位中，那些新知識份子的心理情結與精神墮落的情態。

此外，在對文本解讀的過程裏，筆者也將立於時代歷史的大背景之下，對《圍城》和《人、獸、鬼》這兩部長、短篇小說的內蘊，進行多視角的審視，並期望這一番分析與解讀下，能對錢鍾書小說的主題思想，梳理出一些新的觀點來。

城》的主題、人物、幽默、比喻，技巧與語言，雖詳盡摘引，唯論述卻過於形式表面，未能做更深一層的探討。此外，在1996年東吳大學的許佩馨亦論著了《錢鍾書小說「圍城」與「人獸鬼」研究》（1996）一書。這部碩論含括了錢鍾書的生平、小說的主題探討、人物塑造與語言藝術等等，寫來井然有序，唯並無創見，尤其在主題探討方面，顯得有點浮泛，而且以個別小說進行論述，難免將錢氏小說主題的意識給割裂了。反而是近幾年來，大陸的一些學者，如溫儒敏、解志熙與王衛平等少數幾人的單篇論文，較能深入地探及錢氏小說的主題內蘊。故本論文在某個程度上會延引這些大陸學者的觀點，並將之加以擴充、拓展，並進行更深一層的闡釋，以對錢氏小說的主題思想做一個比較完整性的建構。

第二節　閱讀的路徑

　　小說是最能反映時代思想的典型文類。通過小說，一切人生百態，社會的流變，人性問題等等，都會如蜃影（mirage）般映現在讀者面前。因此，佛斯特（E. M. Foster）認為，小說具備了文學中描繪「價值生命」（life by values）與「時間生命」（life by time）的功能[10]，這正也顯示出它與其他文類不同之處。

　　而文學研究者乃通過閱讀，理解和詮釋的活動，去創造和開拓文學文本的內在意涵，進而為文本提供更多層面的論述和闡釋[11]。因此，小說做為文學文本的類型之一，是具有一個獨特、完整和自足的語言實體。它之存在無疑是溝通了作者

---

[10] 佛斯特指出，小說是無法避開人性與時間的問題，它是生活的價值總體。人生的哀樂憂喜和生活的流變，都與人性及時間存有著切的關係。它更是為小說提供了人物、情節、想像與宇宙觀等的敘述形式，祛除這些，則小說只不過是廢紙一堆而已。因此，他提出，好的小說必須具備「價值生命」和「時間生命」此二種使命與功能，由此才能彰顯出小說的價值特色。（佛斯特：1973。頁40-61）

[11] 文本（text）或稱書寫成章（ecriture）與以往所稱謂的作品（work）是有其意涵上的不同。作品是作者在書寫中所展現的既定意義，它是封閉且不能更改。而文本則是開放的，通過讀者的閱讀，具有不斷衍生意義的可能性。易言之，作品與文本的不同在於：作品是作者的私有產品。文本則必須經由讀者參於創造與建構，其之意義才能呈現。因此羅蘭。巴特（Roland Barthes）所揭櫫的「作者已死」之旨趣亦在此。

與讀者的認知，使作者與讀者能在互為主體、互為對象中，分享著同一套的語言和文學代碼（code），以在兩極的交流中傳送與接受確定的意義。這就是傑弗里。哈特曼（Geoffrey Hartman）所謂的「交流之夢想」[12]。但也必須在這裏指出，作者在創生某一作品的意圖，並不能成為詮釋的有效性標準，它仍需胥賴讀者／批評者的解讀去完成。而這無疑將會涉及到讀者的人生體驗、審美觀點、思想觀念，以及文化背景等等因素，而在這些因素的影響下，必將導致讀者對相同的文學文本做出不一樣的詮釋[13]。所以，在整個閱讀的過程中，其實亦包含著讀者的一分自我解讀和自我發現。若依沙特（Paul Sartre）的話說，文學作品只是一種呼喚，呼喚讀者通過對本身生命的理解去建構作品的意涵，唯這一切必須要在自由的原則下進行（沙特。1996：68-70）。當讀者是一個自由的主

---

[12] 傑弗里。哈特曼所提出的「交流之夢想」純粹是一種理解性（intelligibility）的夢想，他認為作家是憑據其作品向讀者敞開自己，而讀者亦具有理解作品的相應能力，進而能走入作家的創作意圖中，並與之達至完滿的交流。實際上，這是無法實現的。（Hartman, Geoffrey.H：1970。頁24-35）因此，新批評派曾提出「意圖謬誤」（intentional fallacy），即揭示，想追索作者的意圖，那將是徒勞無功而已。

[13] 就迦德默（Hans-Georg Gadamer）認為，文學文本的意義絕不是作者的意圖所能涵括得了。作品一旦由一種歷史文化的脈絡轉移到另一種歷史文化的脈絡裡去時，就有可能被闡釋出不同的意義。因此，文本的意涵是取決於讀者是處於那一種文化歷史的地位，並對文本提出甚麼樣的問題。易言之，讀者所處的社會和歷史，將決定他們如何詮釋文學作品。

體，則其閱讀行為或活動將更形開放，對文本的解讀和批評亦可以更具多元性的創發。

從文學文本的角度而言，作品的形成是有機的整體，故其將存在著一種「不確定性」（indeterminacy）的特質，而讀者／批評者應如何為其「不確定性」加入個人的觀點？這就形成了一個相當具有爭議性的問題。換言之，讀者是不是應該據著作者的指示去解讀文本？或天馬行空，沒有界限的去批評文本？就這兩種詮釋方法審視，我們可以發現它都存在著詮釋上的謬誤。前者無疑是把詮釋的目的當做是為了發現作者的本來意圖，這不免會陷進「意圖謬誤」的處境，因為作者在創作文本前的意圖是不存在的[14]。即使是作者在創作期間所理解到的意圖，在作品完成後亦未必相符。至於後者，則將造成「過度詮釋」的弊病，導致對文本的詮釋漫遊無際，而形成了解讀上的另一種謬誤。因此，本論文將儘量避免以上的兩種詮釋方式，更無意在此放縱自己對文學文本的解讀自由，以致讓文本在論述中產生「無限衍義」（unlimited semiosis）[15]的狀況。

---

[14] 里柯（Paul Ricouer）在其詮釋的論述中指出，文本的意義是建立在論述本身，而非論述者的意義上。因此，作者的意圖是無法獨立存在，唯有通過論述本身，其意圖才能從中體現出來。（廖炳惠。1993：92）

[15] 「無限衍義」是皮爾士（Pierce）對於符號學的一個概念。即強調詮釋是沒有標準和範圍，可以通過假想，進行漫無邊際與不斷的意義衍生。因此，艾

在閱讀策略上，本論文雖然在某種層次挪借了讀者反應理論的方法，並肯定開放性的閱讀必須從讀者出發；也認同沃爾夫岡．依瑟（Wolfgan Iser）所謂的文本具有一種引導讀者想像的「指示結構」，而召喚著讀者去填補結構中的「不確定性」、「斷裂」或「空白」處，進而據著自身的生活經驗、文化和歷史背景等去發掘作品本身的意義。然而，筆者也瞭解到，每一種理論都存在著洞見與盲點的辯證關係，因此，在借用讀者反應理論時，筆者將摒棄此一理論的某些觀點，並不盡然以讀者的主觀視角做為解讀的唯一法則，或讓主觀批評進行自我的無限擴張。在這裡，本論文的論述將會考慮到作者主體被閱讀和理解的效應，雖然，作者與文本中的敘述者並不等同，而且文本一旦在完成之後，便與作者脫離關係，變成另一種意義的存在，但誠如艾柯所說，在注重文本的同時，卻認為作者與文本的詮釋毫無相關，並將之排除出去的作法，無疑是顯得太過武斷。（艾柯。1997：79）因為在詮釋文本時，讀者還是必須尊重作者當時所處於的社會和時代背景，以及其寫作的具體語境，這樣才不會在無限多的詮釋可能性中形成真空式的漂浮[16]。另一方面，在對文本進行解讀的活動中，也可以經

柯（Umberto Eco）對此一概念曾力持反對，並認為文本的解讀必須要有所本，及考量各種因素，才不會造成過度詮釋的弊端。（艾柯。1992：28）

[16] 其實，在文本與讀者的交互作用之前，就已存在著作者與其環境的社會和歷

由此一規範制約「過度詮釋」的行為，畢竟文本向閱讀開放所衍生的歧義性並不等於無限性，它仍然是有其特定的意義限制的。所以，為了不使閱讀過於偏離作者，這裡乃是把文本與作者視為第一主體，而讀者和閱讀行為則構成第二主體，由此，以互為主體（inter-subjectivity）的交涉，而開展出本論文的論述策略，即通過第二主體對第一主體的再生產，把第一主體擺放在第二主體的解讀和評價中，以去探尋其之存在的價值和意義。

在解讀文學文本時，它是不同於閱讀一般的文獻或資料，易言之，閱讀在此，是讀者藉著文本不斷的與自己在進行對話的活動[17]。因此，它已涉及到移情契入的心理作用，即由第二主體以通融和開放性的態度，將第一主體的生命帶入自己的心靈之中，並通過思想觀念、人生經驗和生活體驗等等，與之進行辯證，從中去發掘，以及不斷修正自己生命內在深層處的情境和世界，以期達至更加完整和圓滿的境界。而在這過程中，讀者亦是在進行一種自我的創發，以及文本意義重構的工作。

史的規範，超過這個規範，則可以被認為不好或免強的詮釋了。

[17] 伊瑟（Wolfgan Iser）認為，閱讀的一切目的是引發讀者的自覺性，由此以對本身產生更具批判性的觀點。（泰瑞。伊果頓，1994：103）本論文亦是嘗試以此閱讀文本的方式，以對自己的心靈生命進行辯證，並從中尋繹一些對人生和人性的啟發。

本論文在以錢鍾書的小說做為文本的詮釋時，也是以此做為論述的基準，以便去梳理小說的內蘊。尤其好的文學文本，總是可以引發讀者不斷的往內探索，以創構多元與多層性的意義。所以，好的作品，永遠會擁有一些讀者，在無窮的未來進行不斷的閱讀和詮釋，這類文學文本所發出的光輝，可謂為「永遠的回復」（eternal recurence），它是一種對歷史的拉拔和鬥爭，在經過時間的過濾後，並趨向了經典化（canonization）。而錢鍾書的小說是不是已被經典化，這當然是言之過早，但從《人、獸、鬼》中的四個短篇小說到《圍城》，均有其可供爬梳、填補和意義重寫的斷裂處。此一斷裂處，可讓讀者憑藉自身的社會、生活、歷史、文化和審美經驗等加以闡述，由此以建構文本中的新秩序與新意義。當然，在此也必須指出，對錢鍾書小說的解讀，前人與當代學者已有不少的研究成果，雖然有些解讀太過於浮面和沒有系統，但這些都會被筆者當做思考的資源和補助材料，以對錢氏的小說進行一個新的理解或詮釋。即使在論文的論述過程中，一些舊有的觀點將被推翻，可是此一「推翻」，在另一層意義上，是有其詮釋上澄清的作用。

　　總而言之，上述的閱讀概念和讀者位置的梳理，對本論文在進行錢鍾書小說的「重讀」（re-reading）上，將提供一個新的視域和觀點。至於，重讀在此並不意味要去顛覆前人的立

論；更無意破繹閱讀的規則，對文本採取任意的解構，或去進行考證的工作，以及複述別人的話語，而是以一種自我的體驗和理解，進入作品之中，尋繹出新的意義。筆者認為，唯有這樣，才能讓錢氏的小說，在許多的閱讀中，得到完全的解放。

第三節　論述的架構

本論文除緒論與結論外，共分三章，而緒論，旨在闡明論文的研究目的，及其內外因緣之基本動機，同時也規劃出研究主題、範圍、方法和分析架構。大體而言，本論文是採取宏觀的視野和微觀的角度來進行此項研究的論述。焦點將側重於小說的主題意蘊方面。除此，本論文也將以詮釋的閱讀方式，對文本進行細讀（Close reading），即以個人所持有的視界（horizon）與作品所處的「視界」進行交融，並從中對文本所透顯的主題思想進行分析、解剖、歸納及綜論。進而配合論述所需，加以整合與建構文本的意涵，以期達到對錢鍾書小說的主題之全面性審視和考察的目的。

第一章則是開始探索錢鍾書小說中的主題思想。通過小說《圍城》、《貓》、《紀念》等，可以窺見，錢鍾書是以一種無奈與清醒的態度，對處於當時殖民文化氛圍中的知識份

子，予以剝示與批判。他破除了五四以來知識份子做為啟蒙的權威圖像，而將他們視為中國文化的承擔者與符號象徵。並操刀入裡，解剖他們的心靈結構、精神情態、生存狀況，而揭示了中西文化的畸形對接所帶來的深刻矛盾悖論與分裂狀況。由此真切集中的體現了中國現代（四十年代）社會文化中的一場歷史性潰敗。在此，本論文也將揭露，錢鍾書的小說世界，並非「撇開了極度動盪的社會背景」，或只寫「幾個爭風吃醋的小場面」，而是以一份審視與反思的嚴謹態度，對中西文化結合物的殖民文化，做一個結構性視角和話語方式的考慮，並以此寫作策略去批判當時文化中所存有的畸形病態，由此揭顯了遊移於中西文化之間，而被文化錯位所限定尷尬困境的知識份子，及反映了四十年代中，一些知識份子在文化錯位裡所呈現出一種，普遍性的精神墮落。

　　第二章的重點則在於探討錢鍾書在其小說中，如：《圍城》、《貓》、《紀念》等作品裡所呈現的感情世界。在人的愛情與婚姻上，錢鍾書透視了涉身於此二者中的矛盾和游離感，像《圍城》中所敘述的：「城外的人想衝進來，城裡的人想逃出去」，透徹地道出了，人在愛情與婚姻世界的荒謬和無奈。此外，本論文也將剖析錢鍾書如何探討人與人之間，在情感溝通上的隔閡。尤其對家族、親友、同事，以及朋友、情人及夫妻間不可理解和溝通的一面，由此展示出了人世虛實與真

偽的浮世圖。也進一步地揭示現代人在情感失落及疏離中，所呈顯的陌生、孤獨與無奈。進而透露了現代人在「擁擠裡的孤寂，熱鬧裡的淒涼」中所產生的心靈孤絕之現象。

在第三章裏，本論文將透過存在主義學者沙特與海德格，對存在的本體論及生存論的思考，去理析錢鍾書小說世界中，對「無毛兩足動物」（人）在時代變動中，所呈現的生命形態與人生影像。因此，錢鍾書小說所揭露的人，在現實與理想追求中總是透顯著一份荒謬與虛無感，這無疑表徵了人的存在荒誕。而錢氏作品中的「尋夢人」（如方鴻漸、李侯建、曼倩等），企圖從他們漂泊的生命中，去尋求一種生命的超越。但卻也印證了沙特所言的：超越者所要超越的，正好是不可完滿的自身。這遂產生了海德格所謂的失落性Verfallen）。《圍城》無疑是揭示了人生的困境，無論是衝進去或逃出來，都是無謂的，人的一切努力也將付諸徒勞，這正是存在的現實、虛無與弔詭之處。錢鍾書在其小說中，明確地指出虛無表現在為人的貶值和人格的蛻化上，有其無可避免的孤寂和荒涼感。當人被拋擲到這世上來，種種人生存在的恐懼與孤獨，亦隨之而至。一切如《圍城》中那扇破門的象徵：「一無可進的進口，一無可去的去處」，展示了錢氏所擬構的人生世相，實際上是蘊含著人生的哲學問題，由此也將其小說的主題思想，提到了形而上的高度。

最後是結論，從本論文所預設的各項研究論點，透過各章節詳細的研究成果，做綜合與歸納，並加於總結。由此肯定錢鍾書在其小說中的書寫策略，及其作品所含具的主題意蘊，展現了中國小說的另一種風貌，而提供了與魯迅相似卻又不同的文化批判方式；也呈現了自五四以來，現代小說創作的一個新試探點。

第一章

文化命題：審視與反思

前言

　　卡西勒（Ernst.Cassirer）在《人論》中指出：「人被宣稱為應當是不斷探究他自身的存在物——一個在他生存的每時每刻都必須查問和審視生存狀況的存在物，人類生活的真正價值，恰恰就存在於這種審視中。」（卡西勒／甘陽譯，1994：9）因此，通過審視、反省和批判，人之於存在的價值，才能在其中顯現。而作家的內省與反思，往往都映現在他們的作品之中，一般而言，它包含了兩種形式：其一是以既有的價值觀念反省自己在現實中的行為和心態；其二則是以超越現實利益和宏觀的眼光對文化歷史進行更深層的審視和反思。在理性自覺的基礎上，這兩種反省具有一定的關聯性，即通過個人的反省，進而擴大和超越現實價值而提昇到對歷史文化的反思與批判。而這種理性自覺的反省與批判意識，無疑符合了盧卡其

（Georg Lukacs）所謂的小說之真誠而偉大的必須條件（盧卡其／楊恆達譯，1997：58）。

在錢鍾書的小說中，很明顯的可以發覺，反省與批判已成了他創作上的一種基調。從《人、獸、鬼》到《圍城》，他或以諷刺、或以戲謔的話語，傾力地對人物的行為與文化心理進行解剖。就某一層面而言，他的這份解剖，實際上也可被視為一種知識份子的自我審視與反省。是以，在錢鍾書的小說中，知識份子（包括作家、學人與教授）無疑成了主要的解剖和批判的對象，而這份解剖與批判，更是無法避免於當時歷史文化的影響。故通過文化的觀照，一些被扭曲和異化的知識份子影像，才能如實地映現出來。因此，站在中西文化的交匯點上，錢鍾書實際上正以他特有的文化視角，透視了時代轉換中一個社會小角落知識份子內在生命的畸變狀態，同時亦揭示著中西文化交錯間，新知識階層精神墮落和頹廢徬徨的尷尬處境。

對於錢鍾書在這方面的論述，是有必要放在一個時代的文化脈絡裏來思考或解讀的，唯有這樣，才不致於對其小說產生浮泛的闡釋，甚至流於空論。故本章將先探勘文本中知識份子的形象，以梳理出錢鍾書對知識份子做為文化符徵的審視與反思，然後進一步探討他如何通過中西文化的畸形對接，而揭示當時知識份子人格畸變和病態心理的現象，接著也探究，他是以怎麼樣的一種審視與反思之批判策略，去呈現新舊時期轉型

間知識份子群在邁向現代化過程中的困境與失落，透過這三個部份的綜合解讀，相信可以更充分地瞭解錢鍾書在文化層面，對人之存在的反省和認知了。

第一節　對知識份子的反省與批判

從五四以降至四○年代，在新文學產生與發展的三十年中，以知識份子為題材的小說，與同時期其他題材的小說比較，在質量上，無疑是佔據著絕對的優勢。這其中尤以魯迅、葉紹均、茅盾、老舍、張天翼等為代表。如魯迅，在他的兩個短篇小說集《吶喊》（1923）與《彷徨》（1926）中，共收短篇小說二十五篇，其中描寫知識份子就佔去了十四篇。魯迅筆下的知識份子形象，多是帶有啟蒙時代的鮮明色彩，如〈狂人日記〉中的狂人、〈長明燈〉中的瘋子、〈在酒樓上〉的呂維甫、〈孤獨者〉中的魏連殳、〈肥皂〉中的四銘和以及〈傷逝〉裏的涓生等，均涵具著新舊知識份子在時代激烈變動中的一種生命形態。這些人，有些是封建制度及文化道德下的維護者、有些則是犧牲者，更有一些卻是叛逆者，他們注定要被自己一生所信仰的封建經典所吞噬（如狂人、孔乙己），縱是起來逆抗封建思想的覺醒者（如呂維甫、魏連殳），亦不免要在孤軍作戰中幻滅。魯迅嘗試從這一角度，去反映那一時代知識

份子的命運，並為其小說挹注了啟蒙的主題，企圖以此負起「改造國民性」和思想啟蒙的歷史任務。在啟蒙上，他是較為側重知識份子的啟蒙作用，希望通過小說的批判，以喚醒沉睡中的同胞[1]。這份作家在創作上的自我反省和審判，並以知識份子做為小說的審察與批判對象，未嘗不可以看作是一種洗滌靈魂的工作。在這方面，葉紹均的《倪煥之》、老舍的《老張的哲學》、《趙子曰》及《二馬》，張天翼的《敬野先生》、《移行》和《砥柱》等，都是沿著魯迅所開拓的改造國民性之主題，做更深一層的拓殖和開展。只是分別在於，葉紹均所描寫的知識份子，多是沒有理想和意志薄弱的損害者，他們的靈魂是庸俗無能的。至於老舍卻是通過社會的變動，挖掘與針砭市民知識份子的精神弱點，如自私、保守、軟弱和無聊。而張天翼則以諷刺的筆調，痛刺一些不甘沒落的沒落知識份子卑瑣與醜惡的行為。他們所描寫的知識份子形象不盡相同，但在論述中，卻以反思自省的精神，強烈地表現了重鑄民族靈魂的主題意願。因此，在以小說做為啟蒙的主旋律下，其實也涵蘊著救亡的目的。這其中，不無存在著作家對知識份子的期待心

---

[1] 魯迅在《華蓋集。通訊》一文中說：「現在沒奈何，也只好從知識階層一面先行設法，民眾俟將來再談。」（魯迅。1978：29）因此，可以由此窺出，魯迅的目的，是在於通過小說以啟發那些沉浸在封建思想中的知識人，以期達至「振興民族精神，改造國民靈魂」的標的。

緒，所以，才會在作品中寄寓著魯迅那份「哀其不幸，怒其不爭」的深沉感情。

然而，在三四十年代，以啟蒙做為主旋律的文學，很快就被強大的救亡意識所籠罩。在政治革命的探入，反對侵略情緒的高漲與抗日的風潮下，許多作家意識到，單純的思想啟蒙是無法改變中國的落後和積弱的國民，因為那對低層階級人民沒有切膚之痛。這一觀念的變化，凸顯了文學做為思想啟蒙的失敗，亦驅使中國現代文學從「文學革命」轉移到「革命文學」的意識作用上來[2]，一些作家也很直接的將自己的創作，納入到救亡圖存的政治革命軌道上去，五四時期那種單純和集中的思想啟蒙與改造國民性的小說，在這一時期已不多見了。因此，陳平原曾慨然指出，中國現代文學無法像俄國文學那般，描述出一批具有巨大精神痛苦和歷史眼光的知識份子形象（陳平原，1987：88），這現象的產生，不能完全歸咎於中國思想啟蒙的短暫，主要還是知識份子在思想革命急遽轉型為政治革命，以及抗日的情勢下，沒有能力在創作上得到充分的發揮。而三○年代中後期，以知識份子做為批判焦點的小說也逐漸的

---

[2]　革命文學運動應起自郭沫若〈革命與文學〉（1926）一文，他強調文學與革命並不對立，而且文學還可以成為「革命的先鋒」，後來成仿吾寫了一篇〈從文學革命到革命文學〉與之呼應，這成了與左翼人士論戰的中心論題。此後，革命文學的論調，無疑影響了三四十年代不少作家的創作方向與指標。（李歐梵。1996：302-387）

減少。民族的危亡、國家的興衰、人民的苦難都隨著抗日救亡的口號，演化成了「宣傳第一，藝術第二」與「文章下鄉，文章入伍」的宣傳文學或戰爭文學[3]，及至1942年毛澤東在延安文藝座談會上的講話後，導致許多作家的創作紛紛向工農兵文學靠攏。文學在此徹底成了為政治服務的工具。五四以來所強調文學做為思想啟蒙的理想，至此也宣告破滅。

　　然而，不論是五四時期所欲確立的「改造國民性」人道主義神話，或發展到以後創造社和浪漫派們所鼓吹的個性解放、文學研究社所追尋「為人生」的理想，左翼文學所編制的階級解放、社會改造的革命追求，甚至三〇年代的抗戰文學與四〇年中的工農兵大眾文學，乍看來這些作家的創作在文化或政治立場上，都呈現著明顯的差異，甚至形成對立的特點。可是，他們對某種終極價值和語意中心的極力追求卻是有其共同的特徵。換句話說，五四以降至四〇年代的作家們，均企圖以一種虛構或強化了的語意和敘述方式，去建構一個社會的理想神話。而這神話的語意亦被灌注入一些對知識份子的描述裏，故小說中不少對知識份子所進行的諷刺、批判、剖析和省思，都

---

[3]　日本在1937年的侵略戰爭，無疑改變了當時絕大多數的作家在三〇年代前期所形成的文學探索趨向。楊義把1937到1941年期間，那種呼喚民眾，進行民族自衛及鼓舞人民加入救亡圖存的文學稱做「戰爭文學」（楊義。1993：255）。而這些文學帶著強烈的抗戰宣傳口號，故也可稱為「宣傳文學」。

可以說是建基於這神話語意的理想上來。因此，不論是從為文學而革命或到為革命而文學，這過程中，都脫離不了改進中國社會和興壯國民的願望。這種「感時憂國」的情懷，無疑是中國現代文學最主要的精神特質（夏志清，1978：533），它貫穿了作家們心懷啟蒙與救亡的神話美夢，也左右了二十世紀上半葉中國作家的文化心理和創作方向。

而錢鍾書的小說創作即在這一歷史流脈發展開來。他無疑也是承繼了這一份「感時憂國」的觀念。在他的小說論述中，知識份子在抗戰時期充滿著自私懦弱、虛榮空想、偽裝奸詐、卑鄙無能、勾心鬥角和欺名盜世等等的形象。這種將知識份子行為的弱點和性格的缺陷暴露出來，並運筆如刀，解剖出他們靈魂中的陰暗面，言過其實是一種自我貶低，實際上卻是蘊蓄著一份對知識份子的重估和改造。就這方面而言，錢鍾書的態度是嚴肅的。像他在《圍城》序中提到，寫《圍城》的兩年期間，「憂世傷生，屢想中止」（1995a：xv）。因此，通過對其筆下知識份子的諷刺，我們可以解讀到錢鍾書的目的，不在於個人的滿足和快樂，而是企圖啟發知識份子能夠倒轉頭來審視自己，並從中去修補自己行為上的缺憾。

換個視角窺探，錢鍾書的創作具有一種身為新知識份子的自我審判，他以冷峻的反諷和戲謔的話語，去揭開了四〇年代一個現代作家／知識份子，退縮到內心深處的反省世界。因

此，如果說魯迅所審判的是封建制度轉移中傳統知識份子的畸形人格，則錢鍾書卻是針對新知識階層的精神墮落進行犀利的剖析和針砭。知識份子在他的書寫中已被邊緣化，無力去承擔時代的重量，即不投身於革命的鬥爭實踐之中，亦不在民族危困的時際，負起抗戰的使命。錢鍾書不但放棄描寫知識份子高大雄偉的虛構形象，而且也摒除了高喊啟蒙、拯救民族的宣傳口號。在本質上，那是一些作家為了補償心理作用的虛構神話，實際上卻是無法勾勒出知識份子在現實社會中的真實面貌。因此，從錢鍾書筆下所描述的知識份子，不論是新派的，諸如《圍城》中的方鴻漸、趙辛楣、曹元朗、褚慎明、董斜川、高松年、蘇文紈、孫柔嘉；《貓》中的李建侯、愛默、袁友春、陸伯麟、鄭須溪、傅聚卿、陳俠君；《紀念》中的徐才叔和曼倩，或是舊派的人物，像方遯翁、李梅亭等，都被還原到人性最真實的面貌上來。在此，與其說錢鍾書有意去顛覆知識份子做為社會改革和思想啟蒙的角色，不如說他選擇了呈現知識份子匱乏自我的真相書寫。通過對他們的心靈結構、精神情態和生存狀況等各個方面進行鞭辟入裏的分析，以此揭示中國現代文化的一個悲劇性進程，亦體現了現代中國知識份子一份深刻的檢討與反省。

錢鍾書採取自我內省的態度，並以冷靜的筆鋒銘寫、或嘲弄、或反諷，或直接的揭露處在抗戰時期那些知識份子蒼白

的生命，是有其深刻的體認的。對於這一份作家的反省，盧卡奇有很好的詮釋，他認為「一個作家的反省包括賦予現實生活中的觀念所遭遇的事件以形式，包括描繪這過程的現實性，也包括評價和考慮它的現實。但是這種反省也成為一個反省的對象；它本身只是一個理想，只是主觀的、假定性的；它也在同它相異的現實中有某一種命運，而現在純粹是內省性的，被包含在敘述者自身內部的命運，也必須被賦予形式。」（盧卡奇／楊恆達譯，1997：58）這一反省，必須透過現實的情理加以觀照，雖然這其中涵蘊著作者的個人情感意向，但卻並未失去其歷史性的真實現象[4]。若從文本的解讀和窺探，錢鍾書並無意在創作裏去虛構或膨脹知識份子的角色，相反的，他甚至還有意把五四時期那些被神話了的知識份子形象，從高高的殿堂拉下，還其為一個個為名利、感情、夢想而掙扎的普通人。唯其如此，錢鍾書才能透視這一群人背後卑微的靈魂，並將他們置於人生和人性的手術台面上來加以解剖。

　　因此，從以上的觀點，可以發現，錢鍾書的小說已然擺脫了國家民族革命的論述，他並不汲汲追求像魯迅、郭沫若、

---

[4]　敏澤指出，錢鍾書的小說真實反映出了那個腐朽社會所造成的腐朽而又空疏、虛偽的知識份子的靈魂。也為即將崩潰的舊社會描下了一幅生動而真實的寫照。（敏澤。1981：129-143）在此，可以解讀為錢鍾書的反省，是有其現實的一面。對知識份子的複寫，也可以被當做是自我反思的某一種策略。

茅盾、沈從文、巴金及老舍等人那一類崇尚民族革命的話語傾向，相反的，還嘗試去反省或解構這類論述的主題，無形中，亦造成他的作品被排除在大中國文學的典律之外，這也可以被解說為錢氏的小說為何不被一些文學史編入的原因之一了[5]。總而言之，打破對知識份子虛假的論述，將知識份子抽離出啟蒙的權威和革命的潮流，並將知識份子邊緣化，這種對知識份子的複寫，無疑是錢鍾書智性覺醒的一份表徵。但誠如前面所提到的，錢鍾書並不是為了顛覆而顛覆，他對知識份子匱乏自我形象的書寫，表面是在揭露這一類人的無用質性，實際上卻由此一反省、認知、諷刺與審判，以產生警覺的作用。若從這點來看，錢鍾書小說的內在意旨，可謂遙契了魯迅以小說做為洗滌知識份子奴性靈魂並達至「國民性改造」的理想，這也是為什麼張清華提出，錢鍾書實際上是「提供了與魯迅相似而不同，同而又有發展的作品」之說了。（張清華，1996：183）

　　通過這一層閱讀，可以理解到，錢鍾書的創作有他深刻的憂患感和歷史感。以知識份子做為他小說中的書寫對象，固然這題材是他最熟悉的一個面向，他的家庭、成長、生活環境

---

[5]　詹明信（F.Jameson）形容第三世界文學為國家寓言，跟側重個人主義的西方文學不同。（周英雄，1994：94）而在五、六〇年代那些充滿意識形態的文學史，更是以國家民族革命論述為主題，才會被納入文學的主流，要不然，都會視為「無關民族興亡」的邊緣文學。而錢鍾書與張愛玲的小說被摒除在外，其中一個原因，無非是他們的小說不符合當時此一文學典律的尺度。

與所交往的人，泰半都是這一類人物，因此對他們的習性可謂是瞭然在胸。然而，在另一方面，我們也不可忽略到時代背景的因素，在孤島時期的上海，由於地處租界，作家無法舒暢地抒發自己的感情，特別是不能夠貼緊一些政治問題。（楊義，1993：263）因此，有些作家便用曲筆或戲謔的話語去抒寫心中的憂患；有些則以閨閣的論述探入女性的書寫之中，並趨向注重藝術的表現手法。前者有王統照的《華亭鶴》和老舍的《四世同堂》，後者卻是以張愛玲的作品為代表。而錢鍾書無疑是屬於前者。他將心中的憂思挹注於作品之中，雖然所描述的大部份是知識份子的人性頹敗和幽暗面，但在這份書寫中，卻蘊蓄著他心中的一份憂患感[6]。而他的憂患，卻是通過反省意識而產生的。不論他是針對知識份子的文化、人生或人性的思考面來省視，還是藉由其筆下一些人物去進行人之存在的哲學式省思，都幽微地隱含著一份歷史性的憂患意識。因此，若把錢鍾書的小說單純地當做「愛情小說」或「諷刺小說」來加以解讀，則不免將會落入平面的閱讀上去。為了證實此一觀點，本文將在以後各章中加以論述和說明。

---

[6] 在寫於1948年《談藝錄》的序，錢鍾書提到：「憂天將壓，避地無之，雖欲出門西向笑而不敢也。銷愁舒憤，述往思來。托無能之詞，遣有涯之日」，並指出《談藝錄》雖是賞析之作，「實是憂患之書」（1988：1）。在此，基於同一心理，我們亦可把寫於同一時期的《圍城》和《人、獸、鬼》當做「憂患之書」來解。

因此，通過作家的反省，我們可以自文本中窺得文學創作上的一種變奏，人物形象塑造也發生了相應的傾斜。這就形成錢鍾書筆下以知識份子為主要批評與諷刺對象的一種陌異化現象。因而，在《圍城》與《貓》中，我們看到一群放洋歸國的知識份子或新文人，遊走於飯局和茶會之間，或沉浸在個人戀愛的浪漫氛圍裏，嬉笑之際，放言空論，卻無視於抗戰時期的苦難和困阨，這其中有：混跡國外多年而又「全無用處」的方鴻漸、頂著「女文學博士」頭銜而婚後熱衷於做投機生意的蘇文紈、到處跟外國哲學家攀附關係及自我膨脹的褚慎明、世故圓滑卻不學無術的高松年、偽造學歷招搖撞騙的韓學愈、花錢僱猶太人寫論文後又僱齊頤谷寫游記的李建侯、學西洋畫不成卻擅長跟女人「帶玩笑地恭維，帶冒犯地迎合」的陳俠君、寫文章像安眠藥一樣叫人睡覺而沒危險性的袁友春，以及只會說空話的政論家馬用中等；他們置身於抗日的戰火硝煙之外，沒有革命的衝動和激情，有的是一股浪漫的個性解放。這一類知識份子，與四十年代一些投身抗戰洪流或革命實踐的知識份子形象，成了強烈的對照。錢鍾書以反向性的書寫方式，呈現知識份子的另一種面貌，間接也審視和批判了五四時期所鼓吹的浪漫主義與「個性解放」的風潮。

總而言之，錢鍾書對知識份子的一份省思，是放在「告別諸神」的心靈儀式上來進行。他所告別的諸神，是五四時期

知識份子崇高的形象。並藉由走出美化知識份子的表面虛假論
述，轉為進入人性的核心，冷峻地揭露知識份子在現實中精神
墮落和頹廢的真實面貌。但也必須在這裡指出，錢鍾書對知識
份子的諷刺和批判，與四〇年代中那些企圖凸顯工農兵而否定
或醜化知識份子形象的作品，是有其本質上的差別的[7]。錢氏
既不立於救亡的方位上去創作，也不服膺於政治的服務來進
行書寫，他只是寫「他熟悉的時代、熟悉的地方、熟悉的社
會階層」；（1995a：373）也寫一個存在者的存在省思。因
此，他對作家、教授和知識份子的揶揄或諷刺，無疑已被內
化為對自己身份的一種審判。雖然楊絳一再強調錢鍾書的小說
是屬於虛構的，錢氏亦在《人、獸、鬼》的序裏澄清他「書中
的人物情事都是憑空臆造」（1995b：57），惟在這份虛構與
「憑空臆造」的背後，卻不難窺見文本中所透顯的強烈的批判
訊息——暴露了中上層知識界的眾生相，挖掘出他們光彩背後
的陰影，並更進一層的洞穿與揭示他們在封建文化與西方文化
衝擊下所產生的精神病態現象，然後，對他們進行道德的審視
與批評。

---

[7] 在〈延安文藝座談會上的講話〉發表後，知識分子與農民的精神地位開始發
生互換的現象。啟蒙主體由知識份子改為農民。而許多作家為了美化工農
而相對的去醜化知識份子。這種自我醜化和自我否定的「尊命文學」（劉
再復。1995：279）主要是為政治服務和為政策做形象注釋為目的。這類創
作，在文革時期，更加凸顯。

從書寫的表面來看，錢鍾書的反省是一種現實性的反省。這種反省是建基在具體的人，現實的人身上；所著眼的也是針對當時某種人的模式建構和某種人的類型化再塑進行思考。如前面所言，他在小說中暴露的是抗戰時期中上層知識份子的眾生相，所諷刺與針砭的是這些人物的齷齪行為，而其目的無非是為了達到德萊登（Dryden）所謂的「對惡習的修正和改造」（阿瑟．波拉德著／謝謙譯，1992：2）的效果。但若往更深一層的探索，可以發現，錢鍾書所欲反省的視域，並不止於當下的現實面，這其中，它還幽微地蘊藉著一份對歷史的反思，那即通過對眼前知識份子形象的描述，回歸到對五四文化及鼓吹個性解放的浪漫派知識份子或文人的一份審視。因此，我們可自《圍城》中的方鴻漸、趙辛楣、董斜川、曹元朗，《貓》中的愛默、陳俠君、趙玉山及《紀念》裏的曼倩和天健等窺到個性解放下的浪漫流風。另一方面，亦可從這些人物的身上，窺得五四時期知識份子在中西文化衝擊下，所造成的理想與現實、思想和行為等，人格裂變的影響。在此，可藉由劉再復對五四時這類知識份子性格分裂的認知，做一印證：

　　　　五四時代的知識份子，儘管他們對傳統的態度相當熱烈，但在某種的意義上，他們其實都是分裂的人：他們的身上既體現某種新時代的文化性格，但也積存著舊時

代的文化基因；他們掌握著兩種文化，同時又被兩種文
化掌握著和撕裂著……由於他們的靈魂中被兩種互不相
容的文化所佔據，所撞擊，因此，他們顯得格外苦悶、
焦慮，常常在兩個極端上搖擺。（劉再復：1995：274）

這種在中西文化衝擊下所形成的分裂性格，無疑衍生了以後一
些知識份子病態式的自我奴役。有些人完全歸復於傳統，如
《圍城》中那「一開筆就做同光體」遺少型的董斜川。也有些
人則傾向崇洋，像老是高攀著外國哲學家以抬高自己身份及滿
足虛榮心的褚慎明和雜著一些外文寫歪詩〈拼盤姘伴〉的曹元
朗等，他們已失去了做為一個啟蒙者的象徵，而只流於社會中
一般的小角色。至於，像那在國外買假文憑和僱人寫論文，既
「不討厭，可又全無用處」者如方鴻漸及李建侯，卻在他們矛
盾的性格與尷尬的處境中，成了生活上卑微又無奈的人物。這
種反省，使錢鍾書的小說具有一定的歷史意義。

　　錢鍾書在反省當前知識份子自我匱乏的同時，間接也批
判了過去思想所留下的弊端，這種歷史性的反省，通由諷刺
語意的涵融，使得意旨不那麼容易或直接地呈現。這與前代
作家那份自足、嚴肅和直接表現態度的方式不一樣，錢鍾書
轉向了冷態的戲謔和智性的話語，使到其語意的抽象深度被
能指（signifier）本身鮮活具體和平面化所取代，以致所指

（signified）被省略或消隱化，因此，當錢氏以他睿智和鋒銳之筆，深入這些知識份子堂皇的背後，挖掘出隱藏了的腐化靈魂與卑微的內在景象，並將這群自以為「高人一等」與「先知先覺」的知識份子之虛偽、無聊、矯情、愚妄、醜惡、懦怯和鄙俗的面貌如實地展現出來時，我們所閱讀到的，只是這些人物行為所產生的喜劇效果和反諷的特徵，卻忽略了這背後所隱含的一份反思和批判的意識。實際上，錢鍾書的小說是意有所指，他的現實反省是建立在對歷史的反思上，而對知識份子的批判和對文化的審察，也都在這反省中趨向深沉，進而也提高了其小說的內在意蘊和價值。

錢鍾書無疑是一個睿智的學者，學貫中西的博學無形中在他的創作上被轉化為一種視野，而這一份視野對開拓他創作的廣度和深度無疑是起著極大的作用。至於，他的人生經驗和經歷或許並不豐富，以致其小說的題材被限制在知識份子的描述上，但因他博覽群書，學無不窺，並具有出眾的才智及一雙透視人生和人性的銳眼，使其描述對象在小說中遂形深化。

而如前面的論述，錢鍾書最主要的反省和批判的對象是知識份子，從《圍城》到《人、獸、鬼》，幾乎找不到一個比較正面的知識份子形象。綜觀他小說所捏塑出的知識份子形象，大致上可依他們的行事作風與生活態度而劃分成三類：一是卑鄙無恥，蠅蠅苟苟的「變形人」（Metamorphic man），

如自稱是研究生物學「老科學家」的三閭大學校長高松年，他所表現的並非科學家的風範，而是心術不正，好色貪杯及嫻於權謀的學界官僚；還有那從美國愛爾蘭騙子手上買來子虛烏有的「克萊登大學」博士文憑，並騙取教授頭銜，及讓他那白俄妻子冒充美國籍，以便到英文系擔任教授的韓學愈；以及那赴任時卻隨身帶著裝滿卡片和西藥鐵皮箱，且在街上免費嫖宿土娼的學術騙子與投機販子的李梅亭等。這些人所表現的虛偽、欺騙、勾心鬥角和爾虞我詐的行為，都與其崇高的身份相反。另外則有故作高雅，對社會卻毫無用處的「多餘人」或「零餘者」（Superfluous man）。像那目空一切，開口「同光」，閉口「石遺」的董斜川；號稱才貌雙全的「女詩人」，而其詩作卻是抄襲自一首德國民歌並掛著文學博士頭銜的蘇文紈、還有《貓》中那懦內和不學無術的李建侯，以及圍繞在茶會中的那批學者聞人。這些人大部份留學歐美，是文化沙龍裡的社會名流，他們崇尚高談，自鳴清高，在國難當前，處處顯得浪漫瀟灑，然而卻缺乏生命力和毫無用處。最後一類為「尋夢人」，如《圍城》裏的方鴻漸。他不同於高雅無用的「零餘者」，盡管是身陷困境，無所作為，但他仍在行動，仍在努力的把握著自己的命運，（陳平原，1989：89）易言之，他依舊是清醒的面對時代和在追求著自己的理想，只是由於性格的脆弱無力，導致最後無所作為。

錢鍾書對這三種類型知識份子的反省，構成其小說的一個批判基調，他逆反了中國傳統知識份子那種「天下有道，以道殉身；天下無道，以身殉道」（《孟子。盡心上》）或「士不可不弘毅，任重而道遠」（《論語。泰伯》）的擔當精神[8]，而勾勒出以私心私欲和個人利害為重的知識份子形象。這份解構，無疑是把知識份子從崇高的形象拉扯下來，還原為一個具有人性的特質，並以此人之於為人的匱乏和自我做一觀照，使知識份子在內囿的主題中，呈現匱乏自我的真相。瞭解這一點，才能讓我們在深入錢鍾鍾書小說中，從不同的層面和層次上，閱讀到文本所形成的反指涉演繹場中的那一份內在意涵，進而，才能掌握到錢鍾書在反省中所形成的批判意義。

第二節　對中西文化雜交現象的反省與批判

　　為了更深一層瞭解錢鍾書在文本中對知識份子進行反省與批判的原因，這裡有必要在前文的基礎上，對這些知識份子所

---

[8]　對於中國古代的知識階層，儒家很早就努力賦予它一種理想主義的精神，對士的要求，也在於能超越一己的利害關係，而顧及群體的利益得失，由此去開展出對社會的關懷。（余英時。1989：37）這份理想精神，無疑構成了後世知識份子的生命指標。

處的文化歷史背景加以分析，唯有如此，才能更深入的探析到錢氏的批判特點。

其實，自鴉片戰爭以來，中國人逐漸走上了「向西方尋求真理」的歷史必然之路，但在面對具有封閉性的中國傳統文化，這兩種不同的異質性文化在相互參照之下，無疑產生了極大的衝擊。尤其到了五四新文化運動時，西方各種思潮和主義的大量湧進，迫使一些知識份子不得不在中西文化的交匯中，重新組合自身的文化心理結構。有的以「全盤西化」為主體形成西式文化心態；有的則以「昌明國粹」為主體形成傳統文化心識；更有的卻以「中學為體、西學為用」，形成「中西合璧」型的文化心理結構。而在五四的啟蒙時期，科學、民主、自由和正義，已被一些知識份子等同為西方文化，而且它也被中國現代作家視為啟蒙思想的內在支柱和創作的精神指引。在他們看來，把民族的現在和未來，納入到西方文化的軌道之中，是一種民族拯救的自覺選擇。（張清華，1996：184）在這種種心理下所形成的文化立場與話語方式，無疑深切地影響到三〇年代的知識份子群。然而，隨著「七七事變」和抗戰的爆發，社會中所出現的種種危機，卻揭示了科學、民主和自由等並無法按照五四那些啟蒙者所預計的那般，成功地改造社會文化與國民精神。相反的，人們所看到卻是中西文化畸形對接所帶來的一副病態和畸形的文化景象。從西方拿來的一切卻成

了破碎不堪的點綴和裝飾，根深蒂固的依然是中國腐朽的傳統政治與文化秩序。而那些失卻了人文精神、民主意識和宗教情感的西方表層文化，卻如《圍城》中方鴻漸所概括的「梅毒」與「鴉片」那般，源源不絕地被輸入。這種現象，正是三〇年代末一些作家，如老舍、張天翼與沙汀等所力極反思和批判的。但從總體來看，他們的批判對象多是集中在政府官員和一般民眾的身上，批判的方式也仍然限於現象的譏諷，而無法具體和深入的挖掘出某一象徵意義，並對它進行全面的審視，這就比較難以呈現出批判的深度來。

在這一方面，錢鍾書卻能以不同的視角，通過一些知識份子的活動行為，去展現出那特定的時代和社會中的殖民文化景觀。因此，對殖民文化的剝顯和批判，也就成了錢氏小說中最為廣泛的批判內容。在《貓》和《圍城》中，這種批判意識極為強烈。如《貓》中那群留學歐美和日本的政治家、科學家、畫家與文學家，以及「在美國人辦的時髦女學畢業」的愛默，混跡於文化沙龍之間，或在茶會裏放言空論，而成了那動蕩和戰亂時代中袖手旁觀的「觀潮者」。這些人有的表面是受到西方文化的影響，骨子裡卻仍然遺傳著中國封建文化的因子，在「不中不西，又中又西」的文化交混中，呈現了蛻變與畸形的人格。像自小就被外國傳教士帶出洋的袁友春，在回國後卻研究起中國傳統文化來，效義和拳的「扶清滅洋」，「高

擱起洋教的大道理，而提倡陳眉公、王百谷的清客作風。」
（1995b：89），或像自詡學天文學是為一雪國恥的鄭須溪，
以及「在英國住過八年，對人生一發傲睨，議論愈高不可攀」
（1995b：95）的傅聚卿等，他們的本事只是據著對西方文化
的皮毛瞭解，用以哄騙國內的外行人，也以膚淺的傳統中國文
化去哄哄外國人。就其人格上所具有的共同特徵是「中西混
合」或「半土半洋」，他們處在文化的錯位中，而形成了當時
某部份知識社會的畸形狀態。

　　而這份批判，到了《圍城》，更形凸顯。如方鴻漸出洋留
學買假文憑的事件，以及其「學成歸來」後報章的渲染、親朋
的高待、鄉人的尊崇等等，與自己實際上的無處謀生卻成了強
烈的對照。錢鍾書不著痕跡的點出了當時社會的畸形特點。那
種處在封建氛圍仍未消散的社會，人們一邊崇洋，一邊又強烈
的維護著中國傳統文化，因此，中西雜處，華洋交混，不只形
成了矛盾的心態，而且也產生了奇形怪狀的社會現象。此外，
錢鍾書亦通過蘇文紈的交際圈，細緻的描繪出各色各樣文化
人可笑可憎的言談醜態，間接也揭露了殖民文化下所濡染的
病態靈魂。如那英年洋派，口氣卻活像遺少，言語和作詩都
離不開「同光體」的董斜川；還有那自噓曾為英國哲學家羅
素解答過疑難問題的褚慎明；以及那被方鴻漸戲稱為蘇小姐
所做博士論文中論及「十八家白話詩人」之外的「第十九家」

的曹元朗等。尤其後者所寫的一首叫〈拼盤姘伴〉的「十四行詩」：

> 昨夜星辰今夜搖漾于飄至明夜之風中
> 圓滿肥白的孕婦肚子顫巍巍貼在天邊
> 這守活寡的逃婦幾時有了老公？
> Jug！Jug！污泥裏——E Fango e il mondo！
> ——夜鶯歌唱，灌飽洗淨，大地肥而新的，
> 最小的一顆草參加無聲的吶喊：「Wir Sind！」
>
> （1995a：75）

詩中佈滿了頗為讓曹元朗自鳴得意的「無字無來歷」的注釋，「甚麼李義山、愛利惡德（T。S。Eliot）、拷背延耳（Tristan Corbiere）、來屋拜地（Leopardi）、肥兒飛兒（Franz Werfel）的詩篇都有」（1995b：74-75）錢鍾書在這裏用故作嚴肅、實則極度誇誕戲謔的筆法，大肆渲染了這些所謂的文化人身上兩種文化的雜燴狀態，並以不倫不類與雜碎的詩歌語境，反諷了曹元朗那已被殖民的靈魂。錢鍾書在此所運用的戲謔話語，形成了一種批判的指規，它不但指涉了一小部份人對西方文化無知的膜拜，而且也鞭撻了那些已被殖民化的新知識份子。因此，當魯迅在三〇年代感嘆「中國人似並不悟自己

之為奴」[9]時，到了四〇年代，錢鍾書卻在一些新知識份子身上看到另一種奴性，即殖民文化心理的奴性性格。這種奴性特徵，不只在曹元朗的身上映現，最徹底的是，錢鍾書通過方鴻漸的視角，展現了一個在西方文化下奴性十足的洋行買辦之形象：

> 「Sure！Have a look see！」張先生打開廚門，請鴻漸賞鑒⋯⋯
>
> 「Sure！值不少錢呢，plenty of dough。並且這東西並不比書畫。買書畫買了假的，一文不值，只等於waste paper。磁器假的，至少還可以盛菜盛飯。我有時請外國friend吃飯，就用那個康熙窰『油底藍五彩』大盤做salad dish，它們都覺得古色古香，菜的味道也有點old-time。」
>
> 張先生大笑道：「我不懂甚麼年代花紋，事情忙，也沒工夫翻書研究。可是我有hunch；看見一件東西，忽然what d'you call靈機一動，買來準O.K.。他們古董

---

[9] 這是魯迅在1934年6月2日致鄭振鐸信中的一句話。它無疑切中了中國舊知識份子的精神狀態，掘出了他們隱藏在內的「國民性」來。因此，他力圖打破專制封建社會的詛咒，並企求從半殖民的氛圍中解放出來，不再為奴。但這種奴性，卻已深根蒂固，到了錢鍾書的小說中，它卻衍化為新知識份子對西方文化屈從的奴性本色。這亦是錢氏所力欲批判的。

肩客都佩服我，我常對他們說：『不用拿假貨來fool
我。O yeah，我姓張的不是sucker，休想騙我，！』」
關上了櫥門，又說：「咦，headache──」便按門鈴叫
傭人。

（1995a：43）

張吉民這種喜歡在談話中不時夾著英文字的習性，與曾放洋海
外的方鴻漸互相對照，產生了極其強烈的反諷效果。錢鍾書通
由此一說話聲音「活像小洋狗」的洋行買辦的言語，大量的將
西方文字插入漢語中並強力的進行編碼，而形成了一種語言暴
力和語意混亂的荒誕現象，這不但將張吉民的奴性表露無遺，
間接的也映現了殖民文化下一個畸形而病態的社會特色。

　　從承載著西方文化訊息的話語中，可以窺見錢鍾書有意通
過這種書寫策略去反映小說中的文化殖民現象。從另一個角度
而言，也可以說他是以殖民文化的視角去審視其小說中的一些
人物或事件，以致在這視角下所觀照出來的知識份子和社會景
觀，都具有人格蛻變和畸形的特徵。同時必須在這裡指出，錢
氏這種將外來話語硬植而產生語意混亂和破碎的雜交方式，是
隱含著對中西文化錯位中一些找不到身份（identity）的知識
份子之反諷，他們表面西化，體內卻遺傳著中國傳統文化的血
液，在不中不西，又中又西的文化雜交點上，他們實際上無法

在文化的語境中尋找到自己的位置[10]。故在曹元朗的詩注裏，才會將李義山與愛利惡德（T.S.Eliot）等並置的荒謬特徵；而張吉民更是一邊洋話滿口，一邊卻收藏書畫和古董，太太則一面享受最新的西洋科學設備之餘，又一面迷信得每天都要唸上十遍「白衣觀世音咒」等荒誕現象。因此，從曹元朗到張吉民夫婦，我們都可以窺見他們人格裂變的醜態行為，這無疑是當時中西雜交下的文化景觀。

倘若上述所描述的僅是存在於方鴻漸所處的交際圈內，則到了三閭大學，那學術圈中所呈現的殖民心態，亦是相當嚴重和充滿著畸形病態的。如三閭大學欲效法英國牛津劍橋「導師制」的辦學方法，到最後卻全都走了樣。如：

> 在牛津和劍橋，飯前飯後有教師用拉丁文祝福，高松年認為可以模仿。不過，中國不像英國，沒有基督教的上帝來聽下界通訴，飯前飯後沒話可說。李梅亭搜索枯腸，只想出來「一粥一飯，要思來處不易」二句，大家嘩然失笑。（1995a：230）

---

[10] 在這話語硬植的語境中，可以被解讀為涉及了「我是誰」與「誰是我」的身份問題。而在殖民文化的影響下，文化認同無疑是決定著一個知識份子的身份（identity），即如何在文化中界定自己。綜觀曹元朗與張吉民那外表西化，而骨子裡卻不脫傳統遺緒的特徵，明顯表現出他們含混矛盾的文化性格，這正是錢鍾書對殖民文化現象的批判焦點。

在此，錢鍾書借趙辛楣的話戲謔的說：「外國一切好東西到中國沒有不走樣的。」及「想中國真厲害，天下無敵手，外國東西來一件，毀一件。」（227）這正揭露了那些中西文化合流中所產生的畸形兒，只知在西方文化面前盲目崇拜，卻對西方文化瞭解不深，而且又缺乏科學理智，所以才會將一個好好的「導師制」改得不倫不類。至於，像那「開口平均每一分鐘一句半『兄弟在英國的時候』」的教育部視學；及隨身帶著西藥以準備用十倍原價賣給窮鄉僻壤學校醫院的李梅亭；外形木訥誠實，實際上卻以偽造學歷招搖撞騙的歷史系主任韓學愈；還有被革職的貪官而混跡學界的汪處厚等，都處處暴露了中國人文化觀念的嚴重畸病。中國傳統文人的一些劣根性，諸如貪婪、拍馬屁、自私、頑固、奸滑、虛偽、勾心鬥角和詭詐，以及對西方文化的一知半解，虛淺的合成了他們既無中國傳統的美德，也沒有西方現代的理性，而形成了蛻變和畸零的品格。

　　錢鍾書將這些偽知識份子的靈魂赤裸裸的剝顯出來。展示他們所汲汲追求的，是個人的利益和權勢，而並非民族事業的科學與民主思想。西方文化也只是被他們當成了破碎的裝飾，以遂成自己的虛榮與私願。五四時期由胡適所揭櫫「全盤西化」的文化理念，演變到三〇年代中一些知識份子的身上，卻成了小說中不中不西的荒誕角色。錢鍾書在這方面的反省，是

有其特定的歷史意義。尤其對一些知識份子在西方文化下所呈現的奴性與殖民化心態的審思，在其小說中，更是形成了可供歷史參照的思想啟迪。在這方面，最明顯的是錢鍾書通過方鴻漸的視網，展露了當時一批青年學生盲目崇外的面目：

> 那些學生雖然外國文不好，卷子上寫的外國名字卻很神氣。有的叫阿里山大，有的叫伊利沙白，曳的叫迭克，有的叫「小花朵」（Florrie），有個人叫「火腿」（Bacon），因為他中國名字叫「培根」。一個姓黃名伯侖的學生，外國名字是詩人「拜倫」（Byron）。辛楣見了笑道：「假使它姓張，他準叫英國首相張伯倫；假使他姓齊，他就變成德國飛機齊伯林；甚至他可以叫拿破侖，只要中國有跟『拿』字聲音相近的姓。」
>
> （233）

在此，我們已無法自這些學生身上，看到五四那一代學子的憂國情懷和理想懷抱。有的只是對西方文化的崇媚意識。他們的認知只在西方文化的表層上遊走，而非探入文化的內質，掌握文化的優點，這遂形成了小說中荒誕的情趣，也引出了一個個令人深思的問題。

而錢鍾書通過這份對殖民化心態的描繪，真切的體現了

當時中國社會文化中一場歷史性的潰敗。也由此顯示出中國在五四所進行的「全盤西化」下，衍生了「皮毛西化」和「籠統西化」的弊病。因此陳序經曾就這一點而感嘆的說：「學到人家，並不一定能夠做出人家所做的。」（李毅／張鳳江，1996：119）錢鍾書以此作為一個審思的基調，幽隱的表現出在殖民文化狀態中，中國趨向現代化進程所面對的危險誤區和障礙。但也必須在這裡指出，錢鍾書並不反對中西合流的文化體現，他在《談藝錄》的序中就曾明言：

> 東海西海，心理攸同；南學北學，道術未裂。雖宣尼書不過拔提河，每同《七音略序》所概；而西來意即名「東土法」，堪譬《借根方說》之言。
>
> （1988：1）

他自己在治學上，如在《談藝錄》和《管錐篇》中，都常以中西比較方式去進行文學或哲學的論述。因此可想而知，錢鍾書所欲批判的，不是中西文化的結合，而是文化嫁接的破產。換言之，從五四以來，歷經選擇西方或選擇傳統的二元對立，到最後演化為文化嫁接所形成的畸怪現象，皆源自於操作者的盲目和無知的操作方式，以及封建文化傳統的固存，結合著外來文化那些最外緣和腐朽的雜質，以致落得畸形對接的結果。錢

鍾書以洞察幽微的目光，穿透這些操作者的心靈結構和人格的裂變，並對當時文化雜交所產生的畸形社會狀態，進行了審視和批判。

在這視角的概括下，錢鍾書所目觸的中國封建傳統文化，也是令人覺得充滿歷史的腐味。像方鴻漸回國時對自己家鄉的第一個印象：

> 所碰見的還是四年前的那些人，那些人還是做四年前所做的事，說四年前所說的話。（1995a：39）

那封閉的社會，宛如封建中國的一個縮影，它寂靜而陳舊的構成了一套文化話語系統。在那裡頭的人和事物，都與時代脫節。外來的文明訊息，亦被拒於這文化話語系統之外。因此，方鴻漸在演講時所胡扯的「鴉片和梅毒，都是明朝所吸收的西洋文明」（1995a：37）一語，自是觸犯了這小城文化話語系統的禁忌，以致一些有意要把女兒嫁給「方博士」的，也以為「斯人也有斯疾也」，而紛紛的向方家把女兒的相片和庚帖要回去。因此，在那充滿土氣及以泥娃娃出名的小縣，只要安於現狀，守住封建的餘緒，就是一種太平了。而方遯翁作為小縣中的一個代表人物，卻是充滿著迂腐和遺老的個性，如方鴻漸

在大學時受不住校中自由戀愛的風氣，而修書企求其父退掉由
「父母之言」所訂的婚約，然而卻引來方遯翁一番自以為義正
詞嚴的話：

> 吾不惜重資，命汝千里負笈，汝埋頭攻讀之不暇，而有
> 餘閒照鏡耶？汝非婦人女子，何須置鏡？惟梨園子弟，
> 身為丈夫而對鏡顧影，為世所賤。吾不圖汝甫離膝下，
> 已濡染惡習，可歎可恨！且父母在，不言老，汝不善體
> 高堂念遠之情，以死相嚇，喪心不孝，於斯何極！當是
> 汝校男女同學，汝睹色起意，見異思遷；汝托辭悲秋，
> 吾知汝實為懷春，難逃老夫洞鑒也。若執迷不悟，吾
> 將停止寄款，命汝休學回家，明年與汝弟同時結婚。細
> 思吾言，慎之切切。」（1995b：8）

封建傳統文化中的剛愎和偏見，以及父權的不可違逆，可謂在
方遯翁的這封信中顯露無遺。這類封閉的文化話語系統，無疑
構成了一個即穩定又充滿保守觀念的網絡，在實際意義上，它
是無法負載其他異質文化的滲入，像方鴻漸的母親說的：「我
不懂洋鬼子怎麼活！甚麼麵包、牛奶，送給我都不要吃。」
（1995b：35）他們的封建自閉，宛如一個文化泥潭，只在自
己的文化話語系統中思考和存活。錢鍾書明顯地在此以這一文

化話語系統隱喻中國社會的封閉性，間接的亦據此指涉中國社會積弱和難以進步的內在因緣來。

　　而這種中國封建傳統文化所培養出來的知識份子，胸懷格局不大。因此才會有李梅亭、陸子瀟、汪處厚、顧爾謙等，在三閭大學那偏僻的內地構成了另一種封閉式的文化話語系統來。他們的投機攢營，自私自利，虛偽圓滑和腐朽庸俗，不只呈現了人性的幽暗面，而且也暴露出腐敗封建氛圍下所形成的傳統文人之特性。他們是延續著近二千多年中國封建文化，而在封閉歷史系統中走著往下衰敗的人。從這些人物身上，可以見出其之思想的貪薄和人格的衰朽。尤其是李梅亭，滿口「嚴於男女之防」，可是在赴湖南途中，卻向妓女調情，吊蘇州寡婦的膀子，嫖土娼。封建文化塑成了他的假道學，然而卻也掩飾不住他那一腹男盜女娼的壞主意。而他隨身攜帶的大鐵箱內所裝滿的卡片與藥品，也都是為了自己的私利而備，這更顯露他那一口仁義道德背後，掛著利欲薰心的嘴臉。所以趙辛楣諷刺他道：「有了上半箱的卡片，中國書燒完了，李先生一個人可以教中國文學；有了下半箱的藥，中國人全病死了，李先生還可以活著。」（1995a：166）至於像汪處厚那類的老派名士，卻是下野的官僚，慣於結黨自固，仗勢凌人，他為了謀取系主任與文學院院長職，而無所不用其極。錢鍾書即通過這些人的行為品德，側筆揭示了封建文化對舊文人的人格建構，是

存在著一種腐蝕的作用。故而，小說中由這類文人行為人格所構成的文化話語，自也是保守、愚妄、巧滑和腐朽不堪了。

　　錢鍾書處在那個文化解構的時代，他所目睹耳聞和感受到的人情事物，必然是深切的。而做為一個中國現代知識份子，在中西文化的衝擊中，他無疑也有他的一份矛盾在。雖然他在小說中對殖民和封建文化加以審思和批點，但做為置身於這兩種文化激流中的人，踏著兩種完全不同的文化塊板，游移於異質文化之間，他與五四時期的知識份子一樣[11]，在中西文化的對峙中，無疑是存有著一份無法擺脫的悲劇命運。在此，錢鍾書將自己的心理投射（projection）到《圍城》主要人物方鴻漸的身上去。故在某方面而言，我們可以引用「錢鍾書就是方鴻漸」[12]的套詞來加以解說。

---

[11] 五四的健將如胡適等，他們思想西化前進，然而行為卻因積存著舊時代的基因而趨向保守，因此，在中西文化的衝撞下，不免在人格轉換過程中產生了理智與情感、理想和現實的矛盾及文化性格的分裂狀況。是以，在猛烈批判傳統之後，到了三〇年代中，這些人又歸復傳統，如胡適去整理國故、周作人玩味明代小品、錢玄同熱衷於古文字等，這在在說明了他們在文化裂變後的焦慮和苦惱。錢鍾書在這方面雖不像五四一些知識份子，歷經對傳統文化狂飆式的離棄和歸復，但在中西文化的雙向激流中，筆者相信，他的心理亦免不了存在著一番掙扎和苦惱的矛盾。

[12] 楊絳在〈錢鍾書與《圍城》〉中提到方鴻漸是取材自他的兩個親戚：一個志大才疏，常滿腹牢騷；一個狂妄自大，愛自吹自唱（1995a：374）。那純就形象而言。在此可以說是「方鴻漸不是錢鍾書」。但就人物中的某些心理歷程與人生經驗而言，則其可以符合楊絳所說的：法國十九世紀小說《包法利夫人》的作者福婁拜曾說：「包法利夫人，就是我」，錢鍾書照樣可說：

張清華曾指出：方鴻漸本身就是一個被文化錯位所限定了尷尬困境的人，是兩種文化根本的異質特徵和互相游離使他顯形為一個文化的怪胎。（張清華，1996：191）而這類「文化怪胎」，並未產生於五四期間那些作家的筆下，他是歷經文化嫁接破產後而出現的。他原是閒散人物，在大學裡從社會學系轉到哲學系，最後才從中國文學系畢業，出國亦並非源於甚麼壯志理想，而是在偶然的機緣下，因寫了一封頗得體的信安慰岳家，悼念夭亡的未婚妻，由此得自岳丈的資助而出國留學。在留歐四年，他的閒散性格又表現在「既不抄敦煌卷子，又不訪《永樂大典》，也不找太平天國文獻，更不學蒙古文、西藏文或梵文。四年中倒換了三個大學，倫敦、巴黎、柏林；隨便聽幾門功課，興趣頗廣，心得全無。」（1995a：9）學習期滿，花錢買了一張博士文憑搪塞了事。因此像方鴻漸這類人物，雖然是中國文學系出身，卻對中國文學修習不深；留學時周遊了三個國家，亦未能進入西方文化的價值核心。在他身上所體現的中西文化斑記無疑是淺顯的，他既無董斜川的詩筆風流，也不諳中國文化善於處世的哲學。更缺乏西方文化獨立自主的人格，對西方的禮儀亦不注重，故張買辦的女兒批評他說：「這人討厭！你看他吃相多壞！全不像在外國住過

「方鴻漸，就是我。」（同上）這一句話了。

的。他喝湯的時候，把麵包去蘸！他吃鐵排雞，不用刀叉，把手拈了雞腿起來咬！我全看在眼裡。嚇！算甚麼禮貌？我們學校教社交禮節的的Miss Prym瞧見了，準會罵他豬玀相piggy wiggy！」（1995a：47）從中西文化邊緣遊移中，方鴻漸並無法在這兩種不同的文化語境中選擇他自己的人生與精神歸向。他所追求的個人生活自由，也不時被社會種種禮節所制約，因此，西方的自由生活方式，常常令他在自己的國土上製造了許多荒謬和尷尬的處境。這是方鴻漸處於中西文化錯位下，所必然產生的悲劇。

但必須在這裡強調，方鴻漸不同於褚慎明或曹元朗之類，存在著殖民化的崇媚意識。西方文化雜質已在前二者的體內潰爛成一種畸形的病態，而在方鴻漸身上，卻不那麼顯明。甚至他還對那些具有殖民文化心理的官僚買辦，懷著一份憎厭的態度。方鴻漸也不若李梅亭和汪處厚的無恥貪求與衰腐，所以他在三閭大學混不出甚麼名堂來。置身在「傳統」和「現代」的交錯間，方鴻漸在西方所認知的那一套文化符號，在回國後，卻對接不上自己落後和封閉性的社會文化。他在留歐四年所薰習的生活態度，在國難當前，更是造成了他成為一個無用卻又不失理想的「尋夢人」。

通過文化解構中的文化批判，在封建傳統文化逐漸消解，而西方文化的廣泛影響下，魯迅式那種對庸眾的吶喊和對封

建的評擊，已然無以為繼。而錢鍾書卻扭轉了這一書寫的劣勢，以中西文化的雙向審視，戲謔與反諷式的去批判殖民文化的濫觴和封建文化的腐蝕。所以，錢鍾書筆下那屬於半殖民的孤島上海是「希臘神話的魔女島，好好一個人來了就會變成畜生」（1995a：138），而具有封建氣息的鄉村卻是如同充滿著骯髒和腐朽的「糞窖」，在鄉城這兩種不同的環境，卻存在著殖民文化與封建文化的尖銳對立，而不論是傾向那一邊，這些知識份子實際上都無法超拔於精神的頹廢和墮落。即使留學海外如方鴻漸者，在中西文化的錯位中，亦難免在現實的生活裏掙扎，並落得無所作為。在此，錢鍾書對文化的批判是理智和冷凝的，經由方鴻漸的視角，他或以反諷，或以戲謔的話語，去觀照中西文化的雜交勢態與封建文化爛根腐葉的景觀。因此，舒建華就曾指出，錢鍾書的文學批評往往是一種創作，而他的創作又常常是一種批評。（舒建華，1997：41）所以，從《貓》到《圍城》，我們可以窺見錢鍾書的這一份批判意識[13]，沛然流佈於篇中。惟因受到反諷修辭和象徵符碼的框架，使到一些批判在他的小說裏不顯得那麼直接，有時候還會

---

[13] 其實在《靈感》中，錢鍾書通過「有名望而多產」作家在人世時，所書寫的小說中人物，在作家死後紛紛於陰間群起審判那位作家，據此諷刺和批判三、四〇年代一些創作平庸而又善於投機取巧的創作者，在這一短篇中，錢鍾書的批判意識油然可見。唯因不合本節論題，故略而不談。

轉折或失落在他那警醒而幽默的反諷話語中。故閱讀錢鍾書的小說，則就不能不注意到這一點。

錢鍾書在小說中所形成的文化批判，雖是針對知識份子而發，但在其背後，卻隱含著一份對時代的感觸和無奈。如被城鄉圍起來的人，他筆下的留洋知識份子，都被中西文化兩塊牆面圍堵住，而這兩種文化，並無法完全對接融和，且不時在他們的體內，造成人格的矛盾和裂變。尤其是他們在西方留學時所薰染的文化習性，在回國後面對到本土文化根性的拉扯，而無可避免地產生了文化錯位的迷思，這是時代轉化中不可避免的現象，而也正是其筆下知識份子浮沉於中西文化邊緣的最大悲哀了。

第三節　中西文化雙向視角的批判策略

一如前節所論述的，錢鍾書在小說中的省思和對文化的批評，展佈了他那一份已被內化性（interiority）的文化心理。而這份文化心理若放大到五四以後至四十年代的一些知識份子身上來加以審視，我們可以發現，那是一段自我揚棄和自我重構的歷程。他們不斷在調整自身的人生、文化和價值觀念，以適應時代的遞變演化。因此，在這段過程中，他們所面對的最大困惑是外來文化與傳統文化衝擊下的選擇問題；是繼承或揚棄

的自我肯定。而明顯的，從五四那批文化先驅者高呼告別傳統和提倡全盤移植西方文化，以及三十年代中他們一些人向傳統文化復歸的動向上來審察，可以窺見，他們對傳統文化的揚棄到回歸這段心理路程，是充滿著文化性格的裂變與思想行動矛盾的複雜現象。他們一身兼具中西兩種文化，然而卻不時被這兩種文化所拉扯，無形中造成他們在觀念上企圖尋求革新，而心理卻復歸傳統；也形成了他們「理智上是面向未來，情感上則回歸傳統」的尷尬局面[14]。

錢鍾書雖然已經遠離了五四浪潮，但在深受中西文化影響方面，他與五四那群知識份子並無二致。他的父親錢基博是當代國學大家，一個典型的傳統文人，對經史子集靡不貫通，而錢鍾書幼承庭訓，於中國傳統詩書典籍亦無所不窺，就這種教育的培養與薰染下，無形中在他的生命裏已積存著傳統文化的基因。後來他進入清大外文系，在研習西方語文之暇，仍念念不忘於「親炙古人」及「擇總別集有名家箋釋者討索之」[15]

---

[14] 美國學者列文森（J.S.Liverson）認為，近代的中國人，理智上是傾向未來，而情感上則是懷念過去（金耀基，1991：21）。在這類矛盾的心態下，五四知識份子常會出現理智與情感、思想和行動的對立狀況。如魯迅高舉尼采、郭沫若推崇歌德，並以他們做為學習的對象，但在情感上，他們卻傾向中國文人的氣格。即如胡適，高舉自由主義之大旗，但在情感的世界，仍服膺於舊式的婚姻，憑媒妁之言與母親之命成婚。由此顯示出他們在思想與行動的落差，也反映了他們心理矛盾的狀況。

[15] 錢鍾書在回憶他研習古文與對古籍的修讀過程，而提及：「余十六歲與從弟

的嗜性，及至留學歐洲，雖自謂「都拋舊業」，但在回到故土後，他又被傳統文化魅力所吸引，而復歸到傳統文化的書齋裏[16]。另一方面，他的人生價值與思想觀念卻在西方文化的衝擊下產生了深刻的變革，這使他能夠以更寬廣的眼界與更冷峻的視角去觀照傳統文化，進而在繼承中尋求革新與創造的契機。

　　而五四時期揚棄傳統文化與全盤西化的呼聲，到了四十年代已消淡下來。錢鍾書站在這個歷史的臨界點上，也較能以更客觀的角度去審視傳統與檢討五四。如他在〈中國詩與中國畫〉中，洞察明鑑地為傳統理出其中的基本矛盾：

> 傳統不肯變，因此惰性形成習慣，習慣升為規律，把常
> 然作為當然和必然，傳統不得不變，因此規律、習慣不

鍾韓自蘇州一美國教會中學返家度暑假，先君自北京歸，命同為文課，乃得知《古文辭類篡》、《駢體之鈔》、《十八家詩鈔》等書。絕妙解會，而喬作娛賞……及入大學，專習西方語文，尚多暇日，許敦宿好，妄企親炙古人，不由師授。擇總別集有名家箋釋者討索之……」（《談藝錄》：346）由此可以窺知，傳統文化心理與舊學無時無刻都在左右著他的興趣，並已潛化為他人格的一部份，而這種文化心理定勢，對他往後的治學與思想觀念，無疑是起著絕大的影響。

[16] 錢鍾書回國後，常以傳統詩話的札記方式論述唐宋以降的詩人詩作，後結集為《談藝錄》於一九四八年出版，此即為佳證。而後出版的《七綴集》（一九八五）及以比較學的隨筆，精博地評騭中國十部古籍的《管錐篇》亦在一九七九年後陸續出版，這展示了錢氏對中國傳統學問研讀的一份狂熱。

斷地相機破例，實際上作出種種妥協，來遷就演變的
事物⋯⋯傳統並不呆板，而具有相當靈活的機會主義。
（1990：63）

從這段文字，可以明顯看出，錢鍾書對「傳統」是持抱著正面
的態度，也瞭解到傳統具有其之自衍性的原理[17]。因此，做為
一個中國現代作家，錢鍾書比其他作家更具有中國傳統文學的
親緣性，但必須在這裡指出，錢鍾書與中國傳統文學的深切親
緣並沒有讓他產生歸附意識，反而使他更清醒和知覺地去透視
傳統腐雜的內質，並提出深刻的批評，以期引起其他人的思考
反省，而在時代的流轉中共同為傳統的去蕪存菁而努力。
　　在小說創作中，錢鍾書對知識份子的反省及對中西文化
的雙向批評，即在這種文化心理基礎下進行。他筆下的一些人
物，歷經了新舊人格轉換的無所適從，並在不斷分裂自我，重
組自我和認識自我的適應機能中，被流放到社會的邊緣去。而
這裏所謂的適應機能，不單指其立場、或是思想感情，還意味
著他們必須在社會的律動中調整人生的取向，以掌握自己在
社會中最有利的位置。錢鍾書筆下的留洋知識份子如方鴻漸即

---

[17] 這段文字雖然是在於論述中國詩畫，但從中亦透顯了錢鍾書對傳統的一份認
　　知及瞭解。

為最佳例子，方鴻漸的父親方遯翁乃前清舉人；江南小縣中的一個大紳士，他對方鴻漸的教養是相當傳統式的，在傳統文化培育和成長之下，方鴻漸其實並沒有多少的獨立人格。他與未婚妻也沒見過一面，即隨家裏作主訂了婚。後來他想解約，寫信回家要求，卻引得其父一頓痛罵，而嚇得討饒並不敢再生妄想，這令方遯翁覺得「自己的威嚴遠及千里之外」（1995a：8）。在此，方鴻漸不止成了傳統文化編碼下喪失自我的人，而且亦在父權的壓制中窒礙了他生命的內在動力。即便出國受西方文化的洗禮，他的傳統性格並未因此消除，反而在西方文化的滲入下而顯得更為矛盾，這無疑對他愛情與人生事業的選擇起著決定性的影響。如他對蘇文紈的挑逗而又不敢接受蘇文紈的愛，原因是之前有熱情奔放的鮑小姐吸引著他，而後又有清純率直的唐曉芙讓他掛心，但實際上主要原因還是因為傳統性格的關係。像孫柔嘉後來見了蘇文紈後說的：「人家多少好！又美，父親又闊，又有錢，又是女留學生，假如我是你，她不看中我，我還要跪著求呢，何況他居然垂青。」（1995a：312）這疑問雖是帶著嘲諷的意味，實際上它正是方鴻漸潛意識裏所欲逃避蘇文紈的真正原因。蘇文紈那官小姐的身世和具有博士學位的學歷，並非方鴻漸所能接受的。傳統的老靈魂仍潛伏在他那幽黯的心裏，時不時地會影響並決定著他的選擇。因此在感情的抉擇上，他不單是遵循母親所說的「官

小姐娶不得，要你服待她，她不會服待你。」（1995a：33）
而且還落入了方遯翁那以男性為中心體制的觀念框框中：

> 女人唸了幾句書最難駕馭。男人非比她高一層，不能和
> 她平等匹配。所以大學畢業才娶中學女生，留學生娶大
> 學女生。女人留洋得了博士，只有洋人才敢娶她，否則
> 男人至少是雙科博士⋯⋯這跟「嫁女必須勝吾家，取娶
> 婦必須不若吾家」一個道理。（1995a：34）

這類男尊女卑的男性主體思想，無疑已根深柢固地內隱在方鴻
漸的觀念中。他雖曾留洋，也追求個性解放與戀愛自由，但在
傳統基因的制約下，他如中國一般傳統男性一樣，仍內囿於男
性為中心的父權體制（patriarchy）中，不允許或接受女性能力
和地位比自己強的事實。他的這種思想觀念，正是隱含著《禮
記・內則》中所謂的「男不言內，女不言外」的傳統性別意
識。而這觀念，在他認同其父主張孫柔嘉留在家裏不外出工作
而得以印證。就婚姻上而言，方鴻漸之於會與孫柔嘉產生許多
齟齬與爭吵，隱然與「女人賺的錢比他多」（1995a：335）有
關[18]，這無疑是在挑戰他的男性尊嚴，間接的也在他潛意識中

---

[18] 珍妮・凱利（Jeane Kelly）和茅國權（Nathan K・Mao）在《圍城》英譯本

產生了對孫柔嘉的某種抗拒。錢鍾書在此以側筆書寫並透顯了方鴻漸的內在傳統性格，幽微地指出這性格正是決定方鴻漸在感情與婚姻上破裂與失敗的導因。

　　這類觀念在趙辛楣身上也可發現，如他認為蘇文紈已是曹元朗的太太，倘若夢見別人則就是對其丈夫不忠（1995a：176）的論調，正是中國傳統男性主體思想在作祟。即便〈貓〉中的建侯，最後選擇了與樣貌平常幼稚的女孩而離開太太愛默，主要也是因為不甘長期居於弱勢的地位，為美貌和交際手腕圓滑的愛默所壓制。故而，男性自尊之不可受到抑制和貶低，及男尊女卑的傳統觀念，可自這些男性身上映現無遺。貫串於這一文思脈絡，我們可以窺見，這些所謂留洋知識份子，仍然因襲著龐大以父權／男性為主導的宗法倫理觀，這些觀念無疑決定著他們愛情、事業與人生的趨向。錢鍾書通過對這類知識份子的描寫，婉轉地襯托出他們內在的傳統性格，於此言說封建思想難以磨滅的無形力量。即使正由傳統人格轉化為現代人格的留洋知識份子，仍舊無法消除此一傳統男權主義

的導言中提到，導致方鴻漸與孫柔嘉的感情破裂是因為雙方的性格所引起，如方鴻漸缺乏行動、優柔寡斷及對妻子尖酸刻薄，以及孫柔嘉的好強和缺乏修養、憑本能衝動及反復無常的性情，造成了他們之間的衝突因緣。這論點固然正確，但他們卻忽略方鴻漸所具有的傳統男權思想對雙方關係所產生的破壞力，以致造成他們不斷齟齬而至分離的因素。有關這方面的探討，本文將在第三章第二節再做更詳細的論述。

的思想，而時時受其所機制和約束，導致最後在感情或婚姻上，不得不以悲劇收場。

因此，胡維革認為，現代知識份子在自身還沒有從心理、思想、態度和行為方式上都歷經一個向現代化的轉變，失敗和畸形發展的悲劇性結局是在所難免（胡維革，1993：171）。而從傳統人格轉換到現代人格的過程中，思想與行動的矛盾及文化性格的分裂無疑是一種必然的過程。《圍城》中的方鴻漸以一個中國文學系的學生出國留學，正是表徵著傳統人格的一種轉換，但這轉換並不夠徹底，如他在國外，追求的卻是封建紈絝子弟的庸懶生活，即使回國，在他那騷動的靈魂中，也經常不自覺地顯露一些傳統的習性，而這些習性，正顯示了方鴻漸並未完全形成現代人格特質的轉換。至於他在愛情婚姻上的優柔寡斷，在人生事業上缺少積極爭取的精神，以及頑固和懦弱無能的個性，更是凸顯了傳統文化對他的內在影響。可是，在另一方面，他卻對封建秩序和傳統文化的衰腐性感到絕望，並不願意受到傳統勢力的束縛，或接受一切既有的安排，這兩難處境所造成的心理矛盾，已注定了他在社會中將被放置到邊緣去的命運。

錢鍾書在《圍城》中勾勒出方鴻漸這樣的一個人物，是有其時代的歷史意義。在那處於新舊替代的中國社會，類似方鴻漸這樣外表洋味而內在卻殘存著傳統遺因的新知識份子，

可謂不少[19]。這些人努力追求新的人格，奮力克服傳統；唯傳統已成了他們生命中無法割除的血肉，化做他們現實的行為模式和情感的態度，並直接影響著他們的行動觀念。而且，一向注重調節人倫關係的傳統文化，並無法為知識份子塑造強大的人格和強大的靈魂，相反的，還對個性的解放與獨立的精神形成一種無形的挾制。（劉再復，1995：275）可是，這些人又曾經放過洋，也曾親身體驗過西方那自主和獨立的文化與社會體制，在這種情況下，他們的身心遂成了中西兩種文化相互較量、碰撞和排斥的場域。而在這種選擇自我又不斷撕裂自我的掙扎下，有些人最後不免流落成了社會中的「邊緣人」（marginal man）。對這類知識份子，皇甫曉濤曾將他們比喻為兩棲動物，即在陸地上的時候懷念水裏，在水裏時卻又想念陸地。（皇甫曉濤，1997：57）他們在中西文化的錯位中，雖然懷有理想，卻永遠找不到自己的位置。

通過這一層解讀，我們可以窺見，錢鍾書企圖透過方鴻漸身上所彰顯的文化離間和人格分裂，去觀照當時留洋知識份子

---

[19] 在珍妮・凱利（Jeane Kelly）和茅國權譯的《圍城》英譯本導言亦指出：「方鴻漸不僅僅是方鴻漸本身，他是那時代的表徵。他所接受的壓力就是三十年代他同時人所經受的壓力。從這角度看，他不僅是一個個人，也是他那個階層的代表。」（田蕙蘭編：1997：260）明顯的，方鴻漸是那時代留學生的典型，代表著那些在抗戰時期，為國無能，為民無力，缺乏理想，而又不失善良的知識份子。他們只能在中西文化的激流中成為高雅無用的人吧了。

在精神上的苦悶和徬徨的困境。他們內囿於自己的文化性格，游離於中西文化之間，再加上戰亂情勢的危急，使他們在現實的人生中處處面對挫難。五四時代的啟蒙精神已漸漸失落了，個性的解放也在抗戰的救亡呼聲中消淡。在極端的民族群體困境面前，知識份子的個性與時代性的要求遂形尖銳矛盾，個性的張揚也就不免存在著一種僭妄的性質。而像方鴻漸這一類含具「兩棲性」與「邊緣人」特徵的知識份子，更是無法，甚至無能擔當起整個時代的重量，他們只能內縮於自我的世界中，在自己的命運與人生路上掙扎。

在錢鍾書的文本中，從〈貓〉、〈紀念〉到《圍城》，他以中西雙向視角對傳統與現代化所進行的審視和批判，充分地表現了他文化態度的策略性和現實意義。留學歐洲無疑令他取得「異域文化視角」，並能以此自覺和透徹地反省傳統文化的影響。另一方面，傳統的親緣意識，卻使他能理智與冷峻地觀照流入於中國的西潮雜質。這種以現代的視角批判傳統，並反過來以傳統正面的視角去反省現代化的二元性書寫策略，在實際意義上，是更具廣度、厚度和可操作性的。

因此，在第一視角下，我們看到了由方遯翁、李梅亭、汪處厚，以及方鴻漸等人赴三閭大學途中所遇到的司機、軍官、娼妓、小店的老板和鄉間落後氛圍所構成的封建傳統氣息。這些傳統文人、販夫走卒和鄉下環境，在現代的視網中，都呈現

了守舊、猥瑣、自私、愚昧、粗俗和腐朽的幽暗色彩。它所形成的社會結構，正如方遯翁送給方鴻漸的那只老式自鳴鐘一樣，每點鐘都走慢了七分——換言之，他們都是時代的落伍者。老式自鳴鐘在這裡無疑象徵著一個傳統的老靈魂，它的機件雖然結實，可是卻與整個時代脫了節。除此，錢鍾書也通過方鴻漸的眼睛，指出傳統在現代進程中無可避免的一份失落：

> 經過一家外國麵包店，櫥窗裏電燈雪亮，照耀各式糕點。窗外站一個短衣襤褸的老頭子，目不轉睛地看窗裡的東西，臂上挽個籃，盛著粗拙的泥娃娃和臘紙黏的風轉。鴻漸想現在都市裏的孩子全不要這種笨樣的玩具了，講究的洋貨有的是，可憐這老頭子，不會有生意。（1995b：359）

外國麵包店裏耀眼的燈光，對照著窗外淒暗中短衣襤褸的老頭；而櫥窗內各式的糕點，也與老頭挽著籃裏的泥娃娃和臘紙黏的風轉形成了強烈的對比。在這裡，新與舊；外來與本土，構成了一個巨大的衝擊，間接的也揭示著一個新時代的來臨。因此，就這方面而言，錢鍾書在文化意識上有點像老舍，他們都是經由外來文化的影響，以現代的視角，洞察傳統文化的痼疾，並對封建社會的封閉、老化、落後、狹隘等劣根性進

行深入的批判。就是因為存在著這種批判精神，才使他們在人格的建構以及行為方式上，不會走上「復古先賢們」保存「國粹」那閉關自守的老路。但錢鍾書卻比老舍多了一分冷峻，在他的視角下，那些傳統文人均迂腐得可笑且缺乏生命的活力，像〈貓〉中愛默與李建侯夫婦的父親，他們都是前清遺老，一個是「抱過去的思想，享受現代的生活」（1995a：78）；一個則是以「吃中國菜，住西洋房子，娶日本老婆，人生無遺憾矣」（1995a：79）的四句格言傳家，甚至《圍城》中的方遯翁，更是傳統的產物，他的好吊書袋與喜以古文寫日記等等行為，充分地表現了因循守舊的傳統觀念。經過這一視角，舊式知識份子的負面品格淋漓盡現，而對傳統文化劣質的批判目的也就此完成。

至於，在第二視角下，錢鍾書則以傳統文化的反射性，挖掘出西方文化的弊端，進而揭示了中國在走向現代過程中所必須面對的危機。誠如張灝指出，在以現代化批評傳統的同時，其實也可以借助傳統對西方文化進行審思：

> 我們深信傳統可以提供一些新的思考角度和方向。這些方向和角度並不一定能直接導向問題的解決，但至少可以間接地引導出一些不同的觀點，開展出一些不同的視野。（周陽山編：1988：205）

傳統所具有的個別價值，如儒家的價值體系及其所具有的終極關懷，以國家民族為考量；以心性的觀念與天人合一企求至善永恆；以及以內聖外王實現對政治和社會的批判意識與抗議精神，凡此種種，都足以對流泛於中國的西方雜質，如精神空疏及功利思想等做一鑑照和審判。

　　而從〈貓〉到《圍城》，錢鍾書展示了那些留美、留英、留法及留日的新知識份子群，在戰亂的局勢裏，遊走於飯局與茶會之間，在那所謂的「文化沙龍」裏，或高談闊論，或勾心鬥角，或為情吃醋猜忌等。因此，在傳統文化的視角中，他們那顯得瀟灑和浪漫的外表下，卻露出了虛榮與空疏的靈魂。他們既無中國傳統的憂患意識和使命感，也缺乏傳統人格的道德觀與群體意識。就倫理性特強的傳統文化觀照，個人的內修與外在的作為必須並舉，故儒家的「內聖外王」就成了一種人格的理想，而言行一致更是道德的準則。但若以此標準要求這些在動蕩時代裡遠離抗戰的新知識份子，則不免會有點失望。如〈貓〉中，那些知識份子在愛默的茶會上高談抗戰，及論述戰爭不可避免時的慷慨激昂，在此，錢鍾書著力刻劃了陳俠君那言行不一的形象：

　　　　讓步！讓到甚麼時候得了！大不了亡國，倒不如乾脆跟
　　　　日本拼個你死我活。我實講，北平也不值得留戀了。在

這種委曲苟安的空氣裏，我們一天天增進亡國順民的程度，我就受不了！只有打！」說時拍著桌子，表示他的言行一致，證明該這樣打日本人的。（1995a：102）

可是當愛默詰問他肯不肯上前線時，他的答案卻是：

我不肯，我不能，而且我不敢。我是懦夫，我怕炮火。
（1995a：102）

他的言論與行動互反，在後一句話中顯露無遺。而在國難當前，所謂慷慨的議戰，也只不過是為了討女主人的芳心而已，這正構成了陳俠君形象的滑稽和充滿嘲諷的意味。在此，錢鍾書一層層地剝開了這些知識份子偽裝的外皮，並讓其虛浮與空疏的本性坦露於外。因而，胡福輝指出，對知識份子人性深處弱質的道德探索與批判，是錢鍾書的特長。（田蕙蘭／馬光裕／陳軻玉編：1997：130）而錢鍾書正是通過傳統文化的透視力，穿鑿了這些知識份子背後蒼白空虛的靈魂，並將之曝現，進而加以批判。

同樣的，對三閭大學那批教授集團，像高松年、韓學愈及劉東方等，在傳統文化的顯微鏡下，其人格更顯得虛假和功利。如高松年將原已聘定為中文系主任的李梅亭換掉，改

由教育部汪次長的伯父汪處厚上任；以及發現方鴻漸無博士
學位後硬將其教授級降為副教授，而且還以一封沒寫的信謊
騙說是已在信中告知了。他之運權弄勢、老奸巨滑及言而無
信地耍盡手段，與其誇談辦校的理想方針簡直是背道而馳。
至於那外形木訥實則內心齷齪，偽造學歷招搖撞騙的韓學
愈，和陰險自私的劉東方，則構成了另一種政治權力關係，
他們在其中為私己的利益互相傾軋、虞詐與勾心鬥角。大學
在此成了某種政治權力的場域，上至校長，下至講師，大家
無不各盡手段，以達到自身的目的。是以，曲文軍指出，從
來還沒有一部作品能夠像《圍城》這樣，把知識份子勾心鬥
角和爾虞我詐的陋習如此淋漓盡致的展現出來。（曲文軍，
1992：69）

　　錢鍾書文本中的知識份子，不論是留洋或是本土的，都充
滿著幽暗的形象，這與錢氏所採取的批判角度有關。易言之，
錢鍾書以理性的反省，選擇了中西文化的雙向視角對中西文化
的雜質做一觀照與審視，因此，在這視角下所籠罩的文化現象
和知識份子，則無一不顯得病態與灰暗。唯有理解他這一文化
態度與書寫策略，才會對他所剝顯和展現的灰色文化景觀與幽
暗知識份子群，不覺得是不著實際或超離現實了[20]。

---

[20] 楊志今曾針對《圍城》指出，錢鍾書所描寫的知識份子，並無法呈顯那個時

錢鍾書置身在傳統文化與西方文化的衝突點上，也處於封建社會向現代社會轉移的臨界線間，因此，在那激變紛擾的時代裏，尤其在舊文化的矛盾充分曝露，而新文化出路仍然渺茫的過渡時期，一如當時的許多文化人一樣，他既不能從單一的線性聯繫去把握住自己的時代，亦無法在抗戰中去肯定自己的命運。因此，在歷史的舞台上，他面臨的是巨大的悲劇。誠如老舍在當時所發出的浩嘆：「做一個現代的中國人，有多麼不容易啊！」（吳小美／魏韶華，1992：11）這句話中涵蘊了多少中國現代文化人所特有的靈魂騷動、苦悶、痛楚和無奈。然而任何一個民族在進入現代化的行列，則無可避免地要面對這種文化的衝突。套甘陽的一句話：

> 中國近代知識份子在這種歷史的衝突中必然處在首當其衝的位置上，因為中國知識份子一方面對中國現代化的歷史要求最為敏感、最為嚮往，但另一方面他們恰又是中國傳統文化的嫡系傳人，歷史的衝突在他們身上也就常常表現為自我衝突。（甘陽：1989：13）

代知識份子的全貌及前進的足音，即脫離了革命的風潮，使小說「在一定的程度上也游離了那個時代的主潮。」（陸文虎邊：1992：251）他所持的革命現實主義論觀點並未能窺及錢鍾書的文化態度和書寫策略，這使其對《圍城》的評斷也就流於偏頗了。

所以，在中、西文化的大碰撞下，人格的轉化以及轉化過程中所產生的扭曲、分裂和畸形可以被看做是現代化的一個進程。而這種種徵象，都被錢鍾書投射到其文本中的知識份子身上。反過來說，這些知識份子亦是錢氏據以尋求自我檢驗和反省的影像，因此，一切的審視與批判，可以說是以此為基調而出發的。而處在中國社會急遽遞變的尖端，新思潮所帶來的弊端與偏頗，以及腐朽的傳統文化無法因應時代轉換的危機，無疑構成了錢鍾書的憂患感，這可從前面所論述的，即其通過文化層面的反省及對知識份子的批判意識中見出端倪。當然，在文本中，錢鍾書並沒有提供新的文化操作方式，他只是揭示了中國社會在轉型中與戰亂間所產生的文化畸型狀態及雜亂的現象，並於此揭顯了中國在走向現代化進程所面對的誤區與困境。是以，他對文化的審視、反思和批判，在四十年代中國的現代小說史上，可謂別具一格，也應該具有不可抹煞的地位。

小結

總而言之，錢鍾書是通過其筆下的知識份子類型，去觀照中西文化嫁接與斷裂、異質與位置（heterogeneity／positionality）的中國現代化之痛苦進程，以及他在中西文化的衝擊下，審視了當時某些知識份子遊走在真／偽、表面傳統／皮相西化，或

傳統奴役／西方殖民之間所衍生的人格問題等現象，而呈現了其小說中文化主題書寫的一份審思意識。這份審思意識，正代表了錢鍾書對歷史與現實的關懷，也烘顯出了其對中西文化撞擊下的思考特色。

因此，綜合以上三節的論述，可以這麼說，錢鍾書是以一種無奈與清醒的態度，以對一些處在中西文化氛圍中的知識份子，予以冷凝與斂抑的剝顯和批判。故在這裡，他破除了五四以來知識份子做為啟蒙的權威圖像，不再把他們視為中國文化的承擔者或文化符號的象徵，而將他們還原為一個個普通的人，進而操刀入裏，通過中西文化的雙向視角，揭示中西文化畸形對接所帶來的深刻矛盾悖論與分裂狀況，並解剖了他們的心靈結構和生存困境，由此真切集中的體現了中國社會在四十年代走向現代化進程中所面臨的一場歷史性的潰瘍。而錢鍾書在這方面的書寫，無疑是相當成功的。

第二章
情感命題：追尋與失落

前言

　　從第二章的論述中，可以窺見錢鍾書是以一份審視與反思的嚴謹態度，對中西文化雜交勢態下知識份子畸形病態的心靈加以剖析、戲謔、諷刺與批判。在他的文本中，知識份子已被抽離於啟蒙救國的價值中心，他們不再具有崇高的形象，而且被迫退到邊緣的冷落處境。就實際上而言，他們被還原為一個個普通的人，內囿於自己的欲望與現實情景，並在私我的世界中打轉。在這裡，錢鍾書破除了從五四以來，以啟蒙與救亡做為雙重奏的小說主題，而將論述的焦點轉向知識份子最深沉的人性與情欲內宇，以此書寫知識份子自我匱乏的真相。誠如前章所提示的，錢鍾書的關注點在於人性的揭顯，而不是在於知識份子的作為和形象的意義，易言之，錢鍾書摒棄了歷來傳統文學「文以載道」的訓示作用，即知識份子對家國命運的寄

興，並轉向整個人類文化價值和人性心理困境的體察。因此，在這方面，愛情、婚姻、事業及人情等，必為文本中做為人性試鍊不可或缺的質材。也由於錢氏主要的作品，如《圍城》、〈貓〉及〈紀念〉，圍繞於知識份子對愛情的想望與追求上，以致其作品被視為與鴛鴦蝴蝶派的小說等同[1]，被指為充滿庸俗性與毫無藝術價值。甚至對《圍城》頗為讚賞的司馬長風，亦將《圍城》誤讀為愛情小說。（司馬長風，1978：98）這種誤讀（misreading），是基於無法透視文本的內在意涵而產生的。這也說明錢鍾書的小說被置於經典之外，或在當時不被選入文學史的另一個原因了[2]。

實際上，對一般愛情的追求與對婚姻的想望，似乎並無法滿足錢鍾書文本中對男女兩性的書寫。他所關注的，還是整個現代文明的危機和現實人生困境的問題。而愛情與婚姻，以及人與人之間在情感溝通上的隔閡和疏離，被擺在這問題上來

---

[1]　張羽就曾在〈從《圍城》看錢鍾書〉一文中評議《圍城》為「一幅有美皆臻無美不備的春宮圖，是一劑外包糖衣內含毒素滋陰的補腎丸。」並將它與鴛鴦蝴蝶派作家如張資平及馮玉奇的三角戀愛小說相提並論。（張羽：1948：26）他在這一閱讀層次，把錢鍾書的小說理解為多角戀愛的抒發，而將之斥為罔顧現實的作品。

[2]　一直以來，在中國文學的典律中，才子佳人的文本，或愛情小說，都會被排斥在經典之外。而極少會被官方的史筆撰述。這種含具儒家色彩的撰史觀，多少影響到後來寫文學史的作者。所以錢鍾書的小說一旦被誤讀為「抓取不甚動盪的社會一角材料，來寫幾個爭風吃醋的小場面」時，其命運，肯定是被排除在文學史之外了。

思考，才比較切合錢鍾書文本中的內在意蘊。是以，本章將以
〈上帝的夢〉、〈紀念〉、〈貓〉與《圍城》做一深入的探
討，以此解讀錢鍾書文本所呈現的感情世界背後，一個具有哲
學性的命題。

第一節　兩性情愛‧追求與失落

　　錢鍾書文本中的一個重點，是對知識份子情感問題的書
寫。尤其男女兩性的關係，含具了時代文化的影響和人性衝突
的命題，也最能凸顯現實的情景和生命的迷思。而五四時期所
提倡的個性解放與浪漫的風潮，對中國現代文學中有關兩性關
係的書寫形成了另一種話語，這與一般傳統才子佳人的愛戀故
事有極大的差異。愛情在此已成了新道德的象徵，成了解放
與自由的別名。（李歐梵，1996：147）因此，情感的革命，
也被視為個人情性的張揚，一種外在於傳統禮教束縛的自我解
放。但錢氏文本所反映的男女兩性關係，與五四文學所強調沖
決封建禮教堤壩的「神聖愛情」有所不同，他並無意讓文本中
的的男女關係成為宣揚某種信念的產物，更避開了虛假論述的
「革命愛情」範式，而將它還原到生活本身，由此展現了男女
關係中所流露的原始情欲和世俗人情的真相。在此，錢鍾書所
著意的是揭開現代男女關係間的權力結構，及更深入地揭顯在

個性解放下兩性所形成的政治角力關係，與在意欲追逐中所呈現勾心鬥角的種種行為。是以，在這層關係中，男女之間永遠處於緊張、鬆弛、對抗和不斷衝突的變奏中，尤其知識份子，在種種文化行為的包裝下，男女兩性在愛情追逐裏所表現的心機和角力，更是耐人尋味。

更準確的說，由於受到西方文化與五四個性解放的影響，女性已漸漸走出了舊有的閨閣暗房，並勇於爭取自己的情感出路。這在自覺與不自覺間，亦構成了兩性關係的權力話語。所以，在錢鍾書的小說裏，我們可以看到，他所描寫的知識型女性，在追求愛情的路上，不再處於被動或成為男性的禁臠，她們具有自主性，而且還不時展開攻勢，處心積慮地為自己製造機會。如《圍城》裏的鮑小姐、蘇文紈、唐曉芙、孫柔嘉；〈貓〉中的愛默和〈紀念〉裏的曼倩，這些女性都勇於在感情意欲中去尋找自己的位置，雖然有些結果並不盡如意，但相對於一些男性，她們表現得更為強勢和具有侵略性。在愛情的追逐中，這些現代女性都各具外交的手腕和手段，以達到自己的目的。因此，在《圍城》中，錢鍾書借方鴻漸的口說：「女人原是天生的政治動物。虛虛實實，以退為進，這些政治手段，女人生下來全有。」（1995a：52）一語道盡了他筆下那些女性的特點。這些女性，在愛情的遊戲場上，具有一套策略，攻城掠地，以為自己製造最佳的優勢。這無形中也造成了她們與

男性之間的角力勢態，進而在愛情與婚姻上產生緊張關係。〈貓〉中的愛默就是最好的一個例子。

在〈貓〉中，愛默不僅以自己姣好的長相牢牢掌控住馴良的丈夫，而且還以風流豪爽與高雅華貴的氣質操縱圍聚在身旁的一些教授、學者、評論家及作家等，甚至她丈夫請來寫遊記的大學生也被她媚惑並為她發傻勁。而透過齊頤谷的視角，所看到的愛默是：

> 三十歲左右的太太了，俏麗漸漸豐滿化，並趨向富麗。因為皮膚暗，她臉上宜於那樣的濃妝。因為眼睛和牙齒都好，而顴骨稍高，她宜笑，宜說話，宜變化表情。她雖然常開口，可是並不多話，一點頭，一笑，插進一兩句，回頭又跟另一個人講話。她並不是賣弄情的女人，只愛操縱這許多朋友，好像變戲法的人，有本領或拋或接，兩手同時分顧到七八個在空中的碟子。（1995b：97）

這不但勾勒出愛默的外表，而且也突顯她那進退得宜的交際手腕。她的本事就是在於操縱別人，讓每個人都圍聚在她的身側，臣服於她的媚力之下，而為她猜忌和爭風吃醋。然而，周旋於這些具有身家名望的中年男性之間，愛默實際上就像是在

打著一場戰，以聰明、機智、美麗和好客的特性去保有她的優勢。在此，愛默對男性的操縱，可以被解讀為一般女性喜被男性拱捧和擁戴的虛榮心，這是人性的一面。但從另一層解讀來說，也可被看成源自於壓抑在她內心的寂寞感；通過茶會，通過別人的戀慕，也通過操縱別人的種種行為，實際上正透顯出愛默隱匿在內的空虛和寂寞心向。她所追尋的熱鬧，別人的巧言令色、誇耀和圍寵，不只為了填補她的虛榮，也是為了填平她的空虛。當最後建侯脫軌而出，另結新歡，愛默的操縱力頓時失去了方向，她虛假的面具終於剝落，空虛落寞才浮現出來，這全都映現在：「她的時髦、能幹一下子都褪掉了，露出一個軟弱可憐的女人本相。」（1995b：124）此時「軟弱可憐的女人本相」，才是愛默的真實自我。由此窺見，愛默心裏並沒有多少的愛，一切的對象只是她生命的利用品，以滿足她的虛榮心。當她操縱的對象不再服從於她的指使，虛榮心消解後，她才覺悟到人生虛假的不必要，一切風頭、地位、排場都是虛榮的裝飾；而希望「有個逃避的地方，在那裡她可以忘掉驕傲，不必見現在這些朋友，不必打扮，不必鋪張，不必為任何人長得美麗，看得年輕。」（1995b：127）從愛默的這種心理現象，不難看出她在情感失去依據後的落寞和幻滅感。長久來所建立的女性王國，也在建侯的背離下崩坍。而她的強勢，至終卻令她失去了一切。

這現象同樣出現在〈紀念〉中的曼倩身上。曼倩在感情
的選擇上是相當自主的。如她違背了父母的意願嫁給樸野的才
叔，雖然她與才叔並沒有經歷熱烈的戀愛，但明顯的，婚戀的
自由讓她沉潛在自我價值的形成中。而親友的反對，更促成她
的逆向抗拒，也促成了她與才叔的婚姻。從這選擇來看，無疑
顯示了曼倩那雍容文靜的閨秀性格背後，所具有的堅決個性。
然而她的選擇並沒有為她帶來幸福感，這主要是因為戰爭的爆
發，以及才叔不通世事與平淡的個性，再加上山城無聊沉寂的
生活，導致她與才叔在航空學校當空軍飛行員的表弟周天健
產生婚外情。而曼倩對天健的戀情，若依據佛洛依德的心理分
析學來說，是基於一種補償的心理（compensation）[3]，這主要
是曼倩與才叔的婚姻缺乏愛的感覺，從她領才叔到學校去辦理
手續開始，而自覺「有一種做能幹姐姐的愉快」，到婚後「才
叔的不知世事每使她隱隱感到缺乏依旁，自己要一身負著兩人
生活的責任，沒個推托。自己只能溫和地老做保護的母親。」
（1995b：157）從「姐姐」的角色擴展到「母親」的角色，顯
然曼倩的感情一直被壓抑著，其實她也渴望著在男人面前撒
嬌、頑皮及耍性子等。直到天健的出現，才讓她找到在才叔那

---

[3]　這裏借用了黃維樑的看法，他指出曼倩在和才叔結婚之前，並沒有真正戀
　　愛過，遇到天健後，她才成為一個「戀愛中的女人」。（黃維樑：1989：
　　174）這可以解讀為曼倩的外遇，具有補償心理的作用。

裏所匱乏的愛。即使如此,由於她的女性意識長期受到傳統的束縛,使她對天健的愛也只是傾向於精神層面的企求,而非肉體的刺激:

> 她只希望跟天健有一種細膩、隱約、柔弱的情感關係,點綴滿了曲折,充滿了猜測,不落言詮,不著痕跡,只用觸鬚輕迅地拂探彼此的靈魂。(1995b:153)

以上的心理剖白,透顯了曼倩對愛情中精神面的想望,她想進行的是一場沒有肉體接觸的愛情遊戲,這種心理其實跟〈貓〉中的愛默頗為相似,愛默與那些圍在身旁的名人清客保持著一種「經濟保險的浪漫關係」(1995b:97),一來是為了證實自己的媚力,二來則是填補自己生活上的空虛。而曼倩亦具有這種心理,她希望的是婚外「情」,而不是婚外「性」,她想從天健的愛戀中證明自己婚後的媚力猶存,尤其當才叔提到天健因風聞她「才貌雙全」而想見她時,她雖不以為然,但實際上那句話卻已撩開了她內在的虛榮心,並為她的婚外情埋下了伏筆。只是天健追求的是「結實、平凡的肉體戀愛」(1995b:153),與曼倩所要的精神戀愛不同,因此在這過程中,他們的關係不免出現角力的現象。如她「鼓勵天建來愛慕自己」,一方面卻是:

> 她決意今後對天健冷淡，把彼此間已有的親熱打個折
> 扣，使他不敢托大地得寸進尺。她想用這種反刺激，引
> 得天健最後向自己懇切卑遜求愛。（1995b：173-174）

而同時，天健在意識到曼倩對自己產生感情後，也想盡辦法引
誘曼倩主動來愛自己，讓自己贏取對方的感情：

> 被激動的男人的虛榮心迫使他要加把勁，直到曼倩坦白
> 地、放任地承認他是情人。（1995b：173）

從以上的敘述，可以看出雙方在感情上是用盡機心，不肯一面
倒的求愛，以免喪失自己的尊嚴與矜持；此外，在愛情中臣服
於他者，也意味著必須接受對方的愛情方式，而在這感情的角
力中，曼倩無疑是輸給了天健，最後也輸掉了自己的肉體，成
了出牆的紅杏。而諷刺的是，肉體的接觸，即也宣告著他們關
係的結束。就天健而言，「曼倩在放任時的拘謹，似乎沒給
他公平的待遇，所以這成功還是進一步的失敗。」（1995b：
176）至於對曼倩來說，通過這一事件，她清楚的瞭解到自己
並不愛天健，只是虛榮心的蠱惑，才造成了這份外遇。由此，
我們可以看出雙方都從這事件中得到體悟，並清楚地看清了彼
此的情欲面目，而各自產生了失落和幻滅感。

故從〈貓〉到〈紀念〉，可以窺見，錢鍾書的批判意識仍貫穿於文本之間。他以冷峻的目光透視了個性解放後男女關係的浮濫，進而揭顯婚戀的自由並不一定能保證婚戀的幸福，反而一些感情在虛榮心的驅動之下，顯得更加醜陋。所以，不論是愛默和曼倩的愛慕虛榮，天健的追求肉欲等，都顯現了現代愛情的一種脆弱性；而男女感情也在互相的追逐中，迷失了方向。在此，錢鍾書瞭解到人性意欲的盲目，以及自持、自戀和自欺的虛榮根性；尤其是一些知識界男女，他們愛情光彩的外衣下，卻是隱藏著虛浮空疏與蠕蠕而動的醜惡欲望，錢鍾書即在這方面，以冷靜和理性的筆，一層層將他們的愛情外衣剝落，並將他們真實的內在曝露出來。在《圍城》中，這現象再次的被深化。

　　《圍城》裏的兩性關係主要是表現在方鴻漸與鮑小姐、蘇文紈、唐曉芙和孫柔嘉的交往上，而方鴻漸就好像一條線，把這四個女人一一貫串起來。從另一面來說，這四個女人構成了四座城，讓方鴻漸衝進去後又逃了出來，結果，每一份感情歷驗對方鴻漸而言，都銘刻著希望與失望、追求與幻滅、歡樂和痛苦的心緒。若依據林海（鄭朝宗）所指出的，《圍城》是屬於惡漢體，即流浪漢小說（田蕙蘭／馬光裕／陳軻玉編，1997：188），則方鴻漸的人生流浪過程，歷經這四座女性的

城，即他從一座城衝出來後卻同時又掉入另一座城中，在不斷
進城、出城，再進城、又出城的狀況下，至終帶出了他對愛情
與婚姻的矛盾和游離感。此外，在這兩性之間的角力中，也衍
生了男女的權力場，在這場域，似乎找不到感情的融和點，反
而證見了人性的潰敗面。

　　在第一座女性的城中，即方鴻漸與鮑小姐的交往，可以
看出那是一場遊戲，主要是為了排遣歸國郵船上空寂單調的
日子。已有未婚夫的鮑小姐追求的是情感的刺激，而方鴻漸
要的是對方的肉體；換句話說，他們的關係是建立在情欲的基
礎上。在方鴻漸而言，「他只覺得自己要鮑小姐，並不愛她」
（1995a：15），他只不過是受不住鮑小姐那「長睫毛下一雙
欲眠、似醉、含笑、帶夢的大眼睛」與「只穿緋霞色抹胸，海
藍色貼肉短褲」（1995a：5）的性誘惑，而衝進了這座女性所
擺設的肉城[4]。鮑小姐則是將方鴻漸當著是消磨船上空虛苦悶
的工具，在感情方面，她並無心，所以也就談不上甚麼愛情
了。因此，男女戀情在這裡只不過是逢場作戲，玩弄戲謔的遊
戲，而情欲卻是他們的遊戲場域。在此，鮑小姐是個主導者，

---

[4]　在《圍城》的初刊本，曾有一段把鮑小姐比喻成一塊肥肉：「鮑小姐壓根兒
　　就是塊肉，西門慶誇獎潘金蓮或者法國名畫家賽尚（Cezanne）品題模特兒
　　所謂：『好一塊肥肉』（cette bekke viande）」（1991：24），在新版中被
　　刪掉了。這揭示了鮑小姐是以她的肉體以及開放的性格做為媚惑的手段。所
　　以文中才會有「熟食鋪子」和「局部真理」的嘲諷話語。

遊戲從開始到結束都是由她一手掌控，是以，當船一到香港，她可以若無其事的投入來迎接她的未婚夫懷裡，反而讓方鴻漸在「失望、遭欺騙的情欲、被損傷的驕傲」（1995a：22）中難以釋懷。方鴻漸固然明白：

> 愛情跟性欲一胞雙生，類而不同，性欲並非愛情的基本；愛情也不是性欲的昇華。（1995a：22）

他跟鮑小姐的性欲之交，實際上與愛情無關，但因為在這關係中，他是被誘惑者，所以才會產生情緒不平的心理現象。易言之，在方、鮑的情欲關係裏，實際上是隱含著政治權力的徵象，方鴻漸之有被玩弄和被欺騙的感覺，主要在於這場角力中，他是處於弱勢的地位，是鮑小姐意欲下的獵物。

在這裡也必須指出，鮑小姐是「空洞的符指」，不若文本中的其他女性，她並無名，如果照楊絳的說法，鮑小姐之姓是取意於「鮑魚之肆是臭的」（1995a：374），則在某方面而言，亦可將鮑小姐解讀為西化、開放和性慾的象徵，故習性傳統的方鴻漸陷入這樣的一座城，終究是要面對情感的挫傷的。

相對於鮑小姐，蘇文紈的矜持自負和虛假造作則構成了另一座城。她雖然是留洋博士，但在觀念中她仍是相當保守自持。如她鍾意方鴻漸，卻故意擺出「豔如桃李，冷若冰霜」的

樣子，以「讓方鴻漸卑遜地仰慕而後屈服地求愛」（1995a：14）。然而，她這種傳統式的策略卻敵不過鮑小姐那開放式的熱情。唯後來方鴻漸被鮑小姐棄絕，才轉而跟她親近。只是在這階段，蘇文紈所扮演的角色純粹是方鴻漸情緒寄託的工具，這是一般女性都能扮演的角色。因此，文中才有如此的敘述：

> 他們倆關係非常親密，方鴻漸自信對她的情誼到此為止，好比兩條平行的直線，無論彼此距離怎麼近，拉得怎麼長，終合不攏來成為一體。（1995a：25）

即使回國後，他們關係的延展，也只是源於方鴻漸覺得「生活太無聊，現成的女朋友太缺乏了！」（1995a：49）的因素，而並非出自於他對蘇文紈存有傾慕或愛戀之意。換句話說，方鴻漸衝進蘇文紈這座女性的城，只不過是為了解決自己苦悶的生活與心靈上的空虛。可是他的主動，卻觸發了蘇文紈潛在的虛榮心。對蘇文紈而言，她「喜歡趙方二人鬥法比武搶自己，但是她擔心交戰得太猛烈，頃刻就分勝負，二人只剩一人，自己身邊就不熱鬧了」（1995a：55）。這種心態，顯示了她在愛情面前的虛榮感。她一面在方鴻漸與趙辛楣之間營造猜疑和妒嫉，一面卻想以此來抬高自己的身價，以征服方鴻漸的情意。即使她所展現出來的溫柔，無非也是一種陷阱，以期方鴻

漸在這陷阱中被套牢，並屈服地向她求愛。當她發覺方鴻漸另有所愛時，於是千方百計地加以挑撥和破壞，以求達到報復的目的，另一方面，她又示威似地旋即與其貌不揚庸俗圓滑的胖詩人曹元朗結婚。因此從這偏激的舉動來看，蘇文紈所尋求的是一種情欲的佔有，當對方的情感不被她所控制時，愛的意念即翻轉成恨，隨即而來的也就是毀滅——將方鴻漸與唐曉芙剛剛萌芽的愛情，以中傷和詆毀的方式加以破壞；進而盲目地也將自己的愛情毀滅掉。

　　從以上的分析，可以窺見方、蘇的關係中並沒有一個溝通點。蘇文紈的自貴自矜和賣弄風情，以及方鴻漸的逢場作戲，成了兩條並行的直線，無法交會一處。而方鴻漸明知自己不愛蘇文紈，但為了尋找精神寄託，排遣寂寞無聊，卻不斷去挑逗蘇文紈的情愫，這正顯示出他那浪蕩和矛盾的性格。因此，在這些留洋知識份子身上，錢鍾書不但反映出他們情感空疏的一面，也深刻地描述了這些匱乏知識份子生活的無方向與無目的性。所以，從方鴻漸與鮑、蘇二小姐那半真半假的愛情關係來看，它正揭示了中國傳統思想與西方情欲解放思潮二元對接的畸形現象。而情感的解放，戀愛的自由，精神的苦悶和空虛，交雜地構成了一個失序的狀態，由此亦間接地展示出方鴻漸、鮑小姐和蘇文紈這些留洋知識份子輕浮、虛飾、矯情與盲動的愛戀關係。

同樣的情況也是出現在唐曉芙的身上。雖然唐曉芙在錢鍾書的筆下，所呈現的形象是自然，純靜和不假裝飾的「一個真正女孩」，但實際上她仍是充滿機鋒和深諳人情世故的。方鴻漸誤入這個美好的盲區，無非錯解了唐曉芙的天真；他只看到唐曉芙那「兼有女人的誘惑和孩子的素樸」一面，卻透視不進她內在的世故和虛假：

> 唐小姐感覺方鴻漸說這些話，都為著引起自己對他的注意，心中暗笑，但自己竟值得他那樣當面賣弄才情，也有些得意，便迎合他說……（1991：62）

由此可以窺見唐曉芙並非一般單純的女孩，她相當瞭解男性的心理，也知道方鴻漸對她賣弄才情是別有目的，但她仍能應付裕如。即使看著方鴻漸與趙辛楣口上爭鋒，她也只是「雲端裏看廝殺似的，悠遠淡漠地笑著。」（1995a：55），表現著一種世故而內斂的特性。因此，若從這個角度來看唐曉芙，則她的甜美和純真也可被解讀為另一種面具。再者，通過蘇文紈那不太確實的話：「這孩子人雖小，本領大得很，她抓一把男朋友在手裏玩弄著呢！」以及「你別以為她天真，她才滿肚子鬼主意呢！」（1995a：58）直接地戳開了唐曉芙清純面具後的真面目，而敘述者也別有苦心地為了呼應蘇文紈的話，安插了

這麼一句：

> 唐小姐到家裏，她父母都打趣她說：『交際明星回來
> 了！』（1995a：72）

這幽隱地揭示出唐曉芙並不單純的另一面，唯方鴻漸卻沉溺於
唐曉芙的純情中，追尋著他的愛情夢想，卻未料及唐曉芙與他
交往只是為了與蘇文紈嘔氣，故意與他周旋應酬：

> 唐小姐氣憤地想，這準是表姐來查探自己是否在家。她
> 太欺負人了！方鴻漸又不是她的，要她這樣看管著？
> 表姐愈這樣干預，自己偏讓他親近。自己決不會愛方
> 鴻漸，愛是又曲折又偉的感情，決非那麼輕易簡單。
> （1995a：72）

從這樣的一種關係來看，唐曉芙顯然是在逢場作戲，方鴻漸誤
入了這座愛情的城堡，縱然沒有蘇文紈的從中做梗，遲早也是
會面對分手的結局。唐曉芙在這裏的作用，像是打開方鴻漸愛
情之門的鑰匙，讓方鴻漸自溺於愛情的夢幻之中，然而也是教
他夢幻破滅的人。因此，在主觀愛情的盲動下，方鴻漸至終還
是無可避免地上演了一齣單相思的悲劇。

叔本華（A.Schopenhauer）指出，命運永遠都是在玩弄著人們的希望，是以，人之存在，必然存有悲劇的憂患，唯人又無法維護自己悲劇的尊嚴，因此無可避免地也就成了可笑的喜劇人物（叔本華著／劉大悲譯，1995：290）。在情感的旅程上，方鴻漸無疑就是這樣的一個人物。不論是從鮑小姐的肉慾誘惑中迷失自己，還是由蘇文紈的感情糾纏中跳脫，或是在唐曉芙的愛情追求中幻滅，他似乎是被欲望牽著走，即使面對感情的頓挫，他的覺悟也僅止於像趙辛楣所陳述的：「寧可娶一個老實、簡單的鄉下姑娘，不必受高深的教育，只要身體健康、脾氣服從，讓我舒舒服服做她的Lord and Master」，而「不必讓戀愛在人生裏佔據那麼重要的地位」（1995a：142），一切理想愛情的追索在此卻全被消解為對現實的妥協，對方鴻漸而言，這是他生命中無可奈何的悲劇性諷刺，然而，在他騷動的靈魂中，仍未意識到「理想的愛情多歸虛妄，婚姻多是不由自己」（司馬長風，1991：99）的道理。因此，他後來與孫柔嘉遇合，即證見了情欲盲動下另一次更大的悲劇結果。

　　如果說前面三位女性的「誘惑」、「纏繞」與「挫傷」是方鴻漸情感旅程上的刻碑，則孫柔嘉的出現，無疑是為這旅程劃上了終點。因此，方鴻漸所代表的男性世界在對女性湧動著許多欲望之後，終於還是要臣服於女性的城下。當然，孫柔嘉相貌平平，她既沒有鮑小姐的開放爽朗；也沒有蘇文紈

的才貌家世；更沒有唐曉芙的活潑甜美，但她的心機謀略和對男性心理的瞭解，卻是在鮑、蘇、唐三位女性之上。她一步一步引方鴻漸進入她的城門卻能不動聲色，這是她謀略暗藏的最佳表現。如在船上聽方鴻漸胡扯，她卻能天真地將分得太開的眼睛驚奇張著：「像吉沃土（Giotto）畫的「〇」一樣圓」（1995a：146），套句趙辛楣冷眼旁觀的話：「一個大學畢業生會這樣天真嗎？」（1995a：147）其實，孫柔嘉表面的天真、嬌弱和不更世事，正是她諳熟男性性格的一種表現，她清楚唯有通過這一情態來滿足方鴻漸心中那份大男人主義的征服感，才能達到反征服的效果。因此，去三閭大學路程中過藤條紮的長橋，她讓方鴻漸跟在身後意在護他，以免方鴻漸望出去空空蕩蕩而心生怯意，但表面卻令人以為方鴻漸在後面護著她過橋。這是她聲色不露，機鋒暗藏的一個實例。而在三閭大學期間，她每次拜訪方鴻漸，都是經過精心設計的，並在有意無意間，用感情漸次騷動著方鴻漸孤獨的靈魂，讓方鴻漸在不設防中慢慢陷入情網中。如第一次向方鴻漸傾訴思鄉之情；第二次哭訴被學生欺侮後的委屈之苦，以及第三次怨談被陸子瀟纏繞的戀情之惱，每次都顯得可憐無助和柔弱的樣子，令心中早就因「一念溫柔，已經心裏下了情種」[5]（1995a：142）的

---

[5]　方鴻漸對孫柔嘉的好感應是去三閭大學的旅程中就暗萌了。趙辛楣這句戲言

方鴻漸，更加憐愛滋生。而孫柔嘉後來所精心策劃的「家信計謀」，以及李梅亭與陸子瀟適時的煽風點火，終於使方鴻漸「如在霧裏，失掉自主」（1995a：282）地掉進她用盡心機所圍築的婚姻城堡之中。在此，孫柔嘉所展現的女性機敏和韜略暗藏的性格，可謂為名符其實的天生政治家了。

因此，相對於鮑、蘇、唐三位女性，方鴻漸與孫柔嘉的交往及至後來的結合，是更具有隱喻性。在愛情的追求中，方鴻漸歷經了性欲的誘惑、情感的糾纏和純愛的失落，這三個階段，顯然在方鴻漸的生命中都具有深刻的意義；尤其與唐曉芙的決絕，更使他對愛情的夢望和幻思全然破滅：

> 可能就為了唐曉芙，情感都消耗完了，不會再擺佈自己了。（1995a：299）

以致他後來面對孫柔嘉時，也就沒有所謂愛與不愛的問題，但最後他仍然與孫柔嘉結婚，固然一方面是因為孫柔嘉的精心設

只不過是挖掘出了方鴻漸的潛意識。而當這潛意識積漸浮上層面時，即表現在方聽到孫柔嘉與陸子瀟的情戀謠言後的心裏獨白：「這全是辛楣不好，開玩笑開得自己心裏種了根。」（1995a：254）及「假使不愛孫小姐，管甚麼閒事？是不是愛她──有一點點愛她呢？」（1995a：269）。然而，也必須在這裡指出，這份情感的漸次深化，由潛意識浮現為意識，主要還是因為孫柔嘉幾次以靜制動的攻勢所引發的。

計，但另一因素可以說是基由三閭大學的生活太過於苦悶無聊所觸發，是以，孫柔嘉對方鴻漸而言，只是他生命中所要逃避孤獨無聊的避風港，也是理想愛情不能實現後的一份妥協，因此他才會有如此的想法：

> 結婚無須太偉大的愛情，彼此不討厭已經夠結婚資本了。
> （1995a：299）

方鴻漸的這份自慰，透露出他對愛情的一種幻滅感。當然，對孫柔嘉，他還是存有一點憐愛，只是這份憐愛仍然不足於燃起他心中的熱情，或可以說那不是方鴻漸所憧憬的愛情，但理想的愛情卻往往無法在現實中實現，因此，孫柔嘉只是方鴻漸為了擺脫自己生命空虛與孤獨感的一個據點，更是他尋找情欲出口的一座城堡，但在這座女性的城堡裏，他卻顯得更加孤獨和空虛，以致最後再次的從城堡中出走。

從以上的論述中可以看出，不論是〈貓〉中的愛默、侯建與頤谷；〈紀念〉裏的曼倩與天健，還是《圍城》中的方鴻漸等，他們在愛情的追求上，明顯的表現了一份慾念、虛榮、空虛、殷望與破滅的歷程。而在這裡，愛情只不過是欲望與成就之間的流轉，就欲望本身而言，它將驅使人們不斷向所欲去追索，一旦願望達成了，則成就將會令人產生厭膩。所以叔本華

指出，愛情只不過是幻影，當人們擁有了它，它就會失去了魅力（叔本華／陳曉南譯，1974：102）。從這些新知識份子群的身上，我們可以看到欲望的流轉和愛情幻滅後的一份生命迷思，這無疑也是錢鍾書對這些新知識份子群在浪漫流風影響下及愛情解放中的一種嘲諷。男女兩性在情愛裏機關算盡後，所得到的結果卻是情愛的破滅和失落，這隱約揭示了人生的荒謬與無奈，以及無可逃避的悲劇色彩。

其實，錢鍾書是透過了愛情去書寫人的意欲，在欲望的漂泊中，大部份的人都會墮入空幻的處境。而現實和理想之間，卻彷彿存在著一條不可跨越的鴻溝，人往往為了要將現實理想化；或將理想落實到現實中來，最後總不免都會陷入空幻的境地，以致產生欲望的挫傷和失落感。因此頤谷之暗戀愛默、侯建在婚姻上的出軌、曼倩和天健的偷情，方鴻漸與鮑小姐的肉慾關係，以及後來與孫柔嘉的結縭等，均顯示了意欲達成後的失落和不堪。因為欲意所產生的夢想與幻念都是飄浮無據的，它引誘人們不斷向它追尋，惟欲意一旦滿足，或相反的受到挫傷，則回歸到現實面來，一切夢幻亦將隨之破滅。是以，錢鍾書在初版的《圍城》序中就曾寫道[6]：

---

[6]　在新版中，這一段卻被刪掉。因此，本引文是錄自1991年四川文藝社出版的匯校本。這句話在某一層意義上，是相當能表現出人的圍城困境。

理想不僅是個引誘，並且是個諷刺，在未做以前，它是
美麗的對象，去做以後，它變成殘酷的對照。（1991：
413）

人生即在這種欲望的追求與幻滅中輪轉，希望→抉擇→追尋→
破滅，不但成了男女兩性情愛的生命軌跡，而且也可視為錢鍾
書小說中一種人生的歷程。所以，在錢氏的小說裏，戀愛的完
成往往也就是愛情的結束，這種看似對立又統一的悖論性矛盾
現象，正是錢鍾書對人生情感（意欲）的一種透視，愛情在此
也就成了一種幻象，而男女兩性在愛情中所致力追尋的幸福更
是幻象中的蜃景，因此，在錢鍾書的小說中，我們看到一些新
知識份子群在感情世界裏的追逐、希望、迷惘和失落，再加上
傳統過度到現代社會時期所帶來的一些意義危機，以及文明對
人所產生的壓迫，而形成了一種灰暗的色彩。這種書寫，較之
一些作家將愛情視為一種神聖的信仰，無疑是更如實的觸及到
現實人生的底部，也更深刻的表露了人性內在的意欲，無形中
使這題材被提昇到哲學的層面上來，而不至於落入一般男女兩
性相互追逐之庸俗浮泛的愛情窄巷中去。

第二節　婚姻欲望‧幻象與破滅

　　錢鍾書不只是個淵博睿智的學者，欣然在人生邊上冷眼獨笑；而且也是個通透人世的創作者，能以冷峻尖刻的筆，去審視人性內在的心理定勢。金宏達指出，錢鍾書小說的心理觀察與分析是極為銳利，可謂是燭幽索隱，直透心術（田蕙蘭／馬光裕／陳軻玉編，1997：142）。因此在小說中，他能夠很細膩和深入的去挖掘出男女兩性在愛情和婚姻過程中那份充滿曲折的心理行為，以及這些行為背後的情感意向，這主要是錢氏掌握了人的本性。誠如叔本華所說的，人的本性表現在意欲的永不滿足上。換句話說，人的意欲是永遠向前奮進，當一個意欲滿足了，就會產生另一個新的欲念，永遠這樣遞嬗不斷下去（叔本華著／劉大悲譯，1995：227）。然而，快樂和幸福只是在意欲滿足的一剎那產生，過後又是另一段意欲的追尋，以探索新的快樂與幸福的感受。因此，快樂與幸福並不會在時流中永駐。所以，人若幻想在婚姻中尋找永久的幸福，則其結果必會面對到失望的殘酷處境，這正是人生無可避免的悲劇。

　　在錢鍾書的小說裏，美滿的婚姻似乎並不多見。男女兩性的結合，總是充滿著許多千瘡百孔的故事。在〈上帝的夢〉中，錢鍾書提供了一個比較原始的範本。即由上帝所塑造的一

對男女以演繹兩性在意欲追逐中，相互背叛以尋求新的快樂與滿足的現象。在這篇取材自舊約創世紀首兩章的寓言性小說裏，男女兩性因相處日久而各自心生異念，遂分別想向上帝請求為他們多造一個異性。故有一天，女的趁著男的不在，獨自到上帝那裡請安，並嬌聲媚笑地向他提出心中的欲求：

> 「我只懇求你再造一個像他樣子的人。不，不完全像他，比他坯子細膩些，相貌長得漂亮些。慈悲的主啊！你是最體貼下情的！」
>
> 上帝直跳起來，險把腳邊的女人踢開去，忙問：「要我再造一個男人？為什麼？」
>
> 女人一手摩心口，一手摩臉頰，說：「……我的男人需要一個朋友，他老和我在一起，怪悶的。你再造一個人，免得他整日守著我……」
>
> 「也免得你整日守著他，是不是？」上帝的怒聲，喚起了晴空隱隱的雷霆，「女人啊！你真大膽，竟向我提這樣的要求，你對一切東西都貪多、浪費，甚至對於男人，在指定配給以外，還要奢侈品……」（1995b：67）

這樣的「奢侈品」其實也是男人心中的想望。在此，我們可以窺見人性欲望的難以知足。美國人本心理學家馬斯洛

（A.Maslow）也曾指出，人類的欲望是永無止境的，故終其一生，人總是不斷地在自己的欲望中探索某些需求，當某種需求被滿足了，隨之而來的將是更大的需求等待著被滿足[7]（莊耀嘉：1995：56）。

而上帝所造的男女，在滿足了基本的溫飽、情欲與安全需求後，卻仍為了尋求更理想的伴侶，或為了刺激孤寂平淡的生活，以致造成心理與行為的背叛現象。錢鍾書據此發掘出男女兩性內心世界的不甘寂寞和情欲的盲動，揭示了人原始而赤裸的欲望，具有一種動物的本能性。他的這份「理性認知」，其實在〈一個偏見〉的散文中，就已露出端倪了：

> 柏拉圖為人類下定義云：「人者，無羽毛之兩足動物也。」可客觀極了！……博馬舍（Beaumarchais）劇本裏的丑角說：「人是不渴而飲，四季有性慾的動物。」我們明知那是貪酒好色的小花臉的打諢，而也不得不承認這種偏宕之論確說透了人類一部份的根性。（1995b：42）

---

[7] 依據馬斯洛的動機理論建構，他認為人的基本需求有五種，照順序是：生理的需求、安全的需求、愛和歸屬的需求（love and belongingness need）、自尊需求（self-esteem need）與自我實現需求（self-actualization need）。這組構成了人之為人的本性論。若某項需求得不到滿足，則必會對人造成一些身心的影響。

人不論進化到多麼文明的層次，但卻也擺脫不掉人的一些基本根性。傳統文化的舊書堆，固然無法薰陶出天使般的靈魂；西方物質與機械文明，也沒辦法改變人的欲望基源。這是馬斯絡所謂的動物本能性，它是被歸屬於生理需求的最低層次中，亦即「食色性也」。因而，由〈上帝的夢〉男女兩性各懷鬼胎的欲意來看，無疑顯示了錢鍾書對兩性關係的一種透視，亦深刻的反映出他在這方面對人的「根性」之瞭解。

　　而兩性關係在婚姻中所面對到的「根性」問題，逼使我們不得不轉過頭來正視羅素（Bertrand Russell）的一個詢問：「越有文化知識的人，是不是都在婚姻中越難以得到幸福之夢？」（1991：96）就需求與意欲而言，羅素認為人的意欲愈小，則男女兩性在婚姻的聯繫上就會越長久，反之，在情趣、追求與事業的千差萬別下，將導致伴侶無法情投意合，而他們其中一個只要感覺所得到的比想像中少時，需求感不能滿足，夢想也會隨之幻滅，那麼婚姻將變得不堪，甚至破裂。而這種現象，更是以發生在知識份子群中較為明顯。證諸於錢鍾書的小說，可以發現，婚姻關係中的不圓滿，多是出自於這種心態。像〈紀念〉中的曼倩與才叔、〈貓〉中的愛默和建侯，甚至《圍城》裏的孫柔嘉與方鴻漸夫婦等皆是最佳的例子。這些受過大學教育的知識人在認知理念與需求的不同，以及缺乏瞭解和關愛之下，使得他們的婚姻關係，有的趨向冷淡孤寂，更

有的卻走到棄離的絕境。錢鍾書在這方面的書寫，無疑印證了叔本華「幸福的婚姻少之又少」[8]（1995：395）的說法。

在〈紀念〉裏，曼倩與才叔的婚姻，是一種不幸福的幸福。婚姻在此構成了另一種「深閨固門」，將她圈圈於乾枯的山城。如果說無聊孤寂的山地生活是一個閨閣，使她的內心陷入某一種空虛無助的情態，則不會發意外財及只會「安著本份，去磨辦公室裏比花崗石更耐久的櫈角」（1995b：157）的才叔，無疑卻是她閨閣生活中的一份不安。因此，曼倩未婚前所喜歡才叔那「天真的魯莽、樸野的斯文，還有實心眼兒的伶俐」（1995b：156），在婚後卻成了不經世事及令她無所依傍的一種表現。這亦預示了婚姻中當雙方在情趣與追求產生落差時，必將造成某一方因理想的失落而陷於焦慮、內在衝突及失望的壓抑感中，進而影響彼此的關係。曼倩與天健後來發生的偷情、甚至姦情，一方面可以說是受因虛榮感的驅動，另一方面也可被解讀為婚姻閨閣壓抑的一種舒解方式。在此，天健的追求不只提供了婚姻以外讓一個女人實現自我價值的肯定，除此，也提供給曼倩一個逃離婚姻中空虛與寂寞的出口。

---

[8]　叔本華認為，婚姻的本質是源自於性衝動，而其目的是為了孕育下一代。因此戀愛所產生的結合是基於種屬利益，當種屬的意志得到滿足了，幸福的幻相也會跟著消失，這時婚姻也會變得不幸福。（1995：391-398）基於為下一代的種屬目的，就叔本華的理論而言，經由戀愛而結合的婚姻都會是不美滿，反而因父母之命媒妁之言和合的會比較幸福。

羅素就曾指出，若男人之間差異性不大，或女人之間也沒有太多的不同，那麼，在人的原慾盲動下，結婚後卻又存在著想沒有與更好的人結合而後悔的念頭就可能會很少出現（1991：96）。這其實是人的「根性」問題，如前面所論及的，當現有的意欲或需求受到滿足後，它將促使人向另一個新的或更大的意欲展開追求。天健高壯帥氣及生機勃勃的氣息，與才叔安於本份及樸拙的性格相互比較，無疑是前者更具吸引力。再加上孤寂平淡的生活，終於使曼倩跨出了那垛黑而粗糙的土牆（婚姻／才叔的象徵），而成了出牆的紅杏。這是一則不幸的婚姻，然而它卻被轉化為幸福的局面，那是因為及至天健在空戰中罹難，而婚姻的「受害者」才叔卻仍不知自己是「受害者」，對與別人有婚外情並懷了身孕的太太仍然是「含著無限的溫柔與關切」。對此一「婚外情之禍反變為婚內情之福」[9]的荒謬情事，可以說是錢鍾書對婚姻形式的一種戲謔和諷刺了。

　　在婚姻的書寫上，錢鍾書的確比其他作家更深入的探及知識份子的靈魂底層。他的學者身份不只令他能夠以一種研究的精神去正視他們內在的生命情態，而且還能從現實中挖掘和

9　參閱黃維樑著〈徐才叔夫人的婚外情〉第54期《聯合文學》頁174，1989年4月。

剖析他們複雜的心理及欲望的趨向，其深刻度令人相當矚目。尤其四十年代的中國，戰爭使人的世界漸漸縮成一片窄小的天地，時代易變，家也易毀，男女兩性所共同撐起的婚姻傘，在戰亂的風雨中，實際上更備受考驗。故由此情境中，錢鍾書除了透視一些新知識份子群在婚姻中的庸俗、虛榮與自私以外，也揭示了婚姻下一些殘缺的心靈，在空虛無聊與情感冷戰中拼裂的陰暗圖景。例如〈貓〉中的建侯與愛默夫婦，他們表面光鮮的婚姻其實是隱藏著丈夫的許多容忍與壓抑：

> 做李太太這一類女人的丈夫，是第三百六十一行終身事業，專門職務，比做丈夫還要忙，比做挑夫還要累，不容許有旁的興趣和人生目標。（1995b：81）

建侯對太太的千依百順，以及夫以妻貴，已被內化為一種「被佔有、做下人的得意」，而在這戲謔的詞句背後，實是涵蘊著角色在婚姻中的內我壓抑。因此，在一場吵架中，建侯的壓抑終於被引破爆發：

> 我名份下的東西，結果總是給妳侵佔去了。朋友們與我交情淡，都跟妳好，家裏的用人搶先忙著為妳，我的事老擱在後，我的命令抵不上你的方便，僥倖咱們沒有孩

子，否則他們準像畜生和野蠻人，只知道有母親，眼裏不認識我這爸爸。」（1995b：120）

　　這種在家中落於弱勢的地位，長久以來，在建侯的心裏早已形成了不平衡的心理現象，在婚姻的關係中亦埋下了裂隙，這導致他最後背叛了愛默，而另結新歡的原因。總而言之，婚姻在私欲、虛榮、壓抑和冷漠疏離的狀態下已然形同空殼，夫妻間的關愛已蕩然無存。這誠如賴德勒（W.J.Lederer）所言，婚姻若缺乏真誠共享與道德倫理的連繫，無疑就像建築在沙灘上的土堡，潮水一來，堡壘就破碎了，等到退潮時，有一個就會漂走，游到另一個新的海岸去（賴德勒／林克明譯，1990：109）。這是從表面現象來看，然而若往內質探討，不難發現，在現代的生活中，欲望趨於多向的變動，婚姻的土堡，在人的欲望潮浪裏，倘使不夠堅固，則將隨時在浪中塌毀。而建侯與愛默的婚姻，就像那海岸上的沙堡，一旦「支配——順從」的結構鬆疏，建侯不再臣服於愛默時，那麼婚姻中的關係也就隨之瓦解。

　　對於婚姻，法國哲學家蒙田（Montaigne）也有很好的比喻，他說：「婚姻的場域很奇妙：外面的人渴望著衝進去，而裏面的人，卻老想溜出來。」（蒙田著／陸秉慧，劉方譯：

1998：80）這正說明了人的欲望是變動不居的[10]，不會固定於某一點或某一個對象上。換一句話說，人的欲望將會不斷朝著他人的欲望相互結合與流轉，這種欲望的運動其實是象徵著人的一份生命活力。就拉康（J.Lacan）對欲望的闡述，它是具有愛的成份，產生於需要與要求的斷裂處，其投射的對象不是一實在物，而是一種幻想的關係（李幼蒸，1998：124）。因此，婚姻總是帶著一些幻象，使人對它油然的產生一種期待。可是這份期待一旦在人走入婚姻中而觸見一些不堪的現實世界時，就會宣告破滅。所以婚姻在此無疑成了一種諷刺模擬，反諷了人的矛盾性與意欲的盲動處境。

　　與錢鍾書處在同一個創作時期的張愛玲，就曾提到現代婚姻是不合理的方式，因此她認為現代人都想逃離疲倦的婚姻囹圄，以調情或嫖妓去解決個人的性慾。因此，人終究是不離動物的本性，雖然不是動物，可是卻比動物更可怕（張愛玲，1994：22）。唯錢鍾書卻更深入的進到人性的內核，以愛情與婚姻中的人際關係，去證見欲望的流動不定與喜新厭舊的性向。在這方面，他無疑是受到了叔本華意志本能性的影響，深刻的瞭解到個人欲求永無滿足的事實，故投射到他對人世男女

---

[10] 欲望與欲念、欲意、願望等具有重疊的意義。在生理學的名詞上它與「需要」類同，在此則不做太大的細分，皆指原慾（libido）的表現而言。

感情的書寫上，遂形成一份內視的通透。是以，當許多人為愛而結婚時，錢鍾書卻智性的指出：

> 熱烈的愛情到訂婚早已是頂點，婚一結一切了結。
> （1995a：364）

就叔本華認為，一切愛情，不管本身如何空靈，其實都是源自於性慾的衝動（1995：366）。易言之，男女之間的奉承與追求，實際上都是由於受到性慾渴望所驅動的。而錢鍾書亦曾在《圍城》中借方鴻漸的話提出「世間哪有戀愛，壓根兒是生殖衝動」的（1995a：8）愛情觀[11]。就這理論而言，愛情只不過是一種性欲的需求或表現，一旦性慾被滿足時，愛情就會隨之消淡，甚至消亡。因此在這狀態中，婚姻也就成為俗語所謂「戀愛的墳墓」了。所以男女兩性一旦帶著人生幸福的幻想走進婚姻的夢境，往往將會因此而失望。故錢鍾書在《談藝錄》中評價王靜安的《紅樓夢》研究時，為寶玉黛玉倆人無法耦合而慶幸；並指出，若「木石因緣，僥倖成就，喜將變憂，佳耦始者或以怨耦終；遙聞聲而相知相慕，習進前而漸疏漸厭，

---

[11] 這句話雖是方鴻漸因為想解掉父母之命所定的婚約不成後的自慰語，但綜觀他後來的戀愛過程，這份愛情出於性慾的觀念仍然深刻地影響了他的婚姻抉擇。錢鍾書對叔本華愛與生哲學的熟悉，由此可窺見一斑。

花紅初無幾日，月滿不得連宵，好事徒成虛話」了（1988：
349）。欲意的流轉，生滅之間，常常會把受到眾人祝福的佳
耦變成了怨耦，也將把追求演化為逃避。所以，在《圍城》
裏，錢鍾書曾就蒙田的婚姻比喻轉化成了「圍城」的意象，以
體現這樣的一個命題[12]：

> 慎明：「關於Bertie結婚離婚的事，我也和他談
> 過。他引一句英國古話，說結婚彷彿金漆的鳥籠，籠子
> 外面的鳥想住進去，籠內的鳥想飛出來；所以結而離，
> 離而結，沒有了局。」
> 蘇小姐道：「法國也有這麼一句話。不過，不說是
> 鳥籠，說是被圍困的城堡forteresse assiegee，城外的人
> 想衝進去，城裏的人想逃出來……」（1995a：97）

在此，「圍城」與「鳥籠」的象徵語意是相同的，是屬於一個涵
蘊著理想和現實、希望與失望、自由和壓抑、幻想與破滅的場
域；也是現代人在欲望追求中無可避免的存在困境。這種充滿著
矛盾情性的生命迷思，正是人之以為人盲動意欲的內在實質，更

---

[12] 就「圍城」的象徵意義而言，是可做多層面的解說，如：戰敗中被圍攻的中
國、被西方文化包圍的中國傳統文化，或人生的困境等等。但為了論述的方
便，故本節將只集中在婚姻情感的意義探討而已。

是生命的本質。它最明顯清楚的展現在男女兩性關係的婚姻中。

　　錢鍾書在這方面的挖掘，比起中國四十年代其他作家而言，多了一份智性的警悟。他對人生與人性的銳眼與靈悟，使到他的書寫內容遂形深化。其實錢鍾書並非反婚姻主義者，也不是像周錦所說的想為男女婚姻塑造一個假象的世界（周錦，1980：6），他純粹是在描述做為人類的一份「存在的缺乏」；描摹現實與理想一體兩面相互嘲弄的人生荒謬處境，以及描繪意欲盲目衝動中無法解脫的幻滅和悲劇感。如他寫方鴻漸在與唐曉芙因誤解而決裂後，赴三閭大學途中與趙辛楣在船上甲板間閒聊時的感慨：

> 我經過這一次，不知何年何月會結婚，不過我想你真的娶了蘇小姐，滋味也不過爾爾。狗為了追求水裏肉骨頭的影子，喪失了到嘴的肉骨頭！跟愛人如願以償的結了婚，恐怕那個時候肉骨頭下肚，倒要對水悵惜這不可再見的影子了。（1995a：143）

在這裡即指涉欲望滿足的那一刻，亦表徵著生命中的某一種幻滅[13]，緊接而來的是痛苦和厭煩之感。這種矛盾的情態，無疑

---

[13]　這裡的「某一種幻滅」可以是理想、希望、幻想等等，它涉及了生命中的欲

是人生的一大諷刺。這如〈貓〉中齊頤谷對愛默的暗戀與幻想
一樣，一旦願望實現了，卻是：

> 頤谷如夢初醒，這幾天來魂夢裏構想的求愛景象，不料
> 竟是這麼一回事。他記起陳俠君方才的笑聲，建侯和那
> 女孩子的戀愛在旁人的眼裏原來只是椿笑話！一切調
> 情、偷情，在本人無不目為纏綿浪漫、大膽風流，而在
> 局外人嘴裏不過是一個曖昧、滑稽的話柄，只照例博得
> 狎褻的一笑。」（1995b：125）

同樣的情形也是出現在建侯的身上。當他遂得所願，離開了
愛默後，在火車上卻驟然產生為了一個平常幼稚的女孩而拆
散家庭的不值得感。這亦揭示了意欲達至後的幻滅與失意的
感受。

　　而進入婚姻之中，這種幻滅感尤其深刻。在《圍城》裡，
方鴻漸歷經三段感情後而踏入孫柔嘉所設下的婚姻陷阱裏，過
後在與孫柔嘉的談話中，心有所悟地總結了他對戀愛與婚姻的
看法：「現在想想結婚以前把戀愛看得那麼鄭重，真是幼稚。
不管你跟誰結婚，結婚以後，你總發現你娶的不是原來的人，

意追求和想望。

換了另外一個。」（1995a：348）這正說明了人的意欲之投射於某一對象是不會永久的，在它已得到滿足時，則會產生厭煩和倦怠，這無形中也使到之前的追求產生了一種幻滅。因此，這可用以解說為何婚姻如同城堡，外面的人拼命地想衝進去，而裏面的人卻想衝出來的原因了。

　　所以叔本華認為，人生一半是失望的痛苦，另一半卻是厭倦的痛苦。雖然如此，人還是無法逃脫於意欲的牽動，而永無止息的在欲望中漂浮，這也是弗洛姆（E.Formm）所謂的「人生而為人存在的矛盾性」（弗洛姆／孟祥森譯，1991：139）。方鴻漸即在這種意欲本能的矛盾中掙扎、衝闖與浮沉。在婚姻中，他與孫柔嘉的關係並不融洽，由於兩人性格與處境的差異，而衍生了無法溝通的障礙，這是他們婚姻關係中的困境。而追究前因，他並非很愛孫柔嘉，卻與孫柔嘉結婚，主要是因為在三閭大學受到輕視與排擠，及至後來被解聘，因此急切的想在孫柔嘉的身上找到安慰與寄託。故婚姻可以說是在意欲盲目衝動中完成。唯婚後卻發現到太太的束縛，使他失去了原我和自由；又面對到事業上的窘迫，處處顯得不如太太那般得意。這時婚姻反而開始成了方鴻漸的一場夢魘，意欲的衝動又再次的驅使他想逃離婚姻的困局，以接受趙辛楣引薦到內地的工作。所以在爭吵中，孫柔嘉罵他：

結了婚四個月，對家裏又醜又凶的老婆早已厭倦了——壓
根兒就沒有愛過她——有機會遠走高飛，為甚麼不換換
新鮮空氣。你的好朋友是你的救星，逼你結婚是他——
我想著就恨——幫你恢復自由也是他。（1995a：352）

這句話無疑是挖掘出了方鴻漸潛藏在內的盲動意欲，他在流動
的意欲中不斷浮沉，是以，婚姻也就只成了他意欲盲動下的產
品[14]。而一旦他感覺到婚姻生活使他喪失了自我感，於是造成
他盡量地想往外尋求一種代替，以尋回自我的價值。在這種心
理驅動之下，婚姻無疑已成了鳥籠或城堡，壓制著他那永遠不
安份的欲望，因此，唯有衝出去，才可得一解放。

　　或許可以這麼說，戀愛總是充滿著許多浪漫的想像，然而
結婚後卻是戀愛的結束，或夢想的幻滅。當一切都回歸到現實
生活的地表，家把兩個人綑結在一起，使得男女兩性更清楚地
看到彼此真實的面目。而生活的瑣碎與粗糙，再加上意欲的變

---

[14] 如果用弗洛伊德（S.Freud）的闡釋，婚姻是出自於性慾衝動的產物，那麼
當性慾得到滿足時，性慾的心靈價值便會被貶低下來（1988：153）。錢鍾
書在《圍城》中並沒有在性慾這方面做一描寫，但從趙辛楣對方鴻漸的一
句話：「你太weak」（即太不夠堅強，給肉慾擺佈）可見出一些端倪。是
故，除了以上所論及的因素外，方鴻漸與柔嘉的婚事，實際上亦是受到性慾
的促成。因此，在這情況下，婚後所產生情感的齟齬與倦息，除了現實因
素，多少也由於心靈價值在性慾被滿足後受到貶低有關。

動，往往將使原有的情懷也被消磨掉。趙辛楣在描述曹元朗與
蘇文紈結婚時的情況：

> 新郎新娘臉哭不出笑不出的表情，全不像在幹喜事，倒
> 像——不，不像上斷頭臺，是了，是了，像公共場所
> 「謹防扒手」牌子下面那些積犯的相片裏的表情……因
> 此我恍然大悟，那種眉開眼笑的美滿結婚照相，全不是
> 當時照的。（1995a：145）

這份描述無疑具有一份象徵的意義。從「眉開眼笑的美滿結婚
照相」映對現實中並非如此的情景，由此隱喻了理想與現實的
差距。這無疑是錢鍾書對一些婚姻幻想症者的一個嘲諷了。

錢鍾書對婚姻的書寫，帶著幽暗的消極意義。在他的小
說中，我們似乎看不到男女兩性的心靈溝通，以及夫妻在婚姻
中尋求互相關愛、信任與扶持的親密關係，有的只是齟齬、冷
淡、驕恣與背叛的失落感。婚姻彷彿成了現代人的一個困境，
它是戀愛的結果，卻也是愛情的終結。因此，錢鍾書曾將婚姻
比喻為吃飯：「名義上是最主要的東西，其實往往是附屬品」
（1995b：26）。婚姻附屬於性慾之下，這無疑是詮釋了叔本
華的觀點。因為叔本華認為，在種屬意志的驅使下，人期待著
與自己所愛的對象永遠連結在一起，因此對所愛的缺點特質也

就完全忽略掉。可是一旦種屬意欲受到了滿足，幻象消弭後，卻是留下了現實生活中令人厭惡的伴侶（叔本華／劉大悲譯，1995：391）。錢鍾書通過人的「根性」（意欲）問題透視婚姻的本質，使其小說中的婚姻書寫充滿了匱乏與不幸，也呈現了人之為人在這匱乏與不幸裏的矛盾和無奈的情態。這是錢氏對現代婚姻的一種反省，也由此反省而揭示現代人在婚姻中一個生命困局的問題。

故錢鍾書在〈讀《伊索寓言》〉的散文中，就曾據著閱讀寓言，以點出人不論多麼現代文明、多麼成熟與多麼有見解，總還是脫離不了動物的本能性[15]，是以，他意味深長的說：「每個人需要一面鏡子，常常可以自照，知道自己是甚麼東西。」（1995b：33）。而錢鍾書據著婚姻去書寫人的欲意，其實，也是在發揮著一面鏡子的作用，讓人認識真正的自己。套他的話說，可以「知道自己是甚麼東西」，如此，在瞭解自己的情況下，才更能掌握自己的感情與婚姻狀態。然而，必須

---

[15] 在此，錢鍾書指出，看《伊索寓言》可以給我們三種安慰：「第一，這是一本古代的書，讀了可以增進我們對於現代文明的驕傲。第二，它是一本小孩子讀物，看了愈覺得我們是成人了，已超出那些幼稚的見解。第三呢，這部書差不多是講禽獸的，從禽獸變到人，你看這中間需要多少進化歷程！」（1995b：32）他這三個安慰，其實是用上了邏輯三段論的方法，幽隱地諷刺人不論進化到多麼文明，或成熟得多麼有見解，實際上還是無法擺脫潛在的動物本性的。

在這裡指出，在他以婚姻去燭照人的「根性」時，他並未因此而陷入悲觀的絕境，誠如他所說的：「人生雖然痛苦，卻並不悲觀，因為它終抱著快樂的希望。」（1995b：20）若由這方面來對錢鍾書的小說做一解讀，那麼錢鍾書文本中對婚姻的幽暗書寫，實際上就不如表面那般消極，反而還帶著一份「認清自己」的啟示作用了。

第三節　人際網絡‧情感與疏離

在前兩節，我們試圖通過錢鍾書在文本中對男女兩性間戀愛與婚姻關係的書寫，探討有關新知識份子的感情心向，進而從中辨思人性意欲的問題。在那裡，我們可以窺見生命的騷動、不安與矛盾無據的狀況。而處在愛情與婚姻的人生路上，兩性間心靈的對話，靈魂的調和，似乎是充滿著許多無可跨越的障礙。人與人之間的關係，在意欲的追逐中亦愈加淡薄。至於，時代變遷所導致生活幅度的擴張，以及戰亂的流離，也令個人變得愈來愈難把握外在的世界與自身，在這種狀態下，人際關係亦漸漸演變為浮面與疏離的的現象。錢鍾書處身在那變動的時局當中，目觸時代遞換間，人性在生活夾縫所展露的幽暗面、卑微、孤獨、空虛與淡漠，不能不無感觸的。這落入小說的書寫上，遂形成一份投射性的展現。所以夏志清曾評定

《圍城》為「一部探討人的孤立和彼此間無法溝通的小說」（夏志清，1991：452），這無疑窺見了錢鍾書的創作意識。實際上，不只《圍城》，在錢鍾書其他的短篇小說中，這份意識亦潛隱其間，它不但逼顯出人情虛實與真假的浮世圖象，而且也凸顯了人與人之間種種衝突矛盾的孤絕情景。所以在錢鍾書的小說裏，不論是男女朋友、夫妻、同事，甚至親屬關係，都處在互相猜疑與傾軋的狀態，而心靈的交流和人際的溝通，在人生欲望的追求中，無疑顯得貧瘠、空洞與缺乏，以致造成人際的失序疏離，緊張衝突，乃至決裂的悲劇處境。

當然，在解讀錢鍾書的這份書寫之前，我們不能完全忽略時代環境因素，錢鍾書對人與人，以及人與社會的洞悉，體證了他的生活經驗與社會觀感。尤其在三、四十年代那種戰亂的氛圍中，顛沛流離的生活境遇使人脆弱的心靈陷落一種無所依持的恐懼與惶惶之中，這種不安的情勢，無疑最能真實的反映出人的本性來，尤其在人際關係的層面上更為凸顯[16]。故程致中指出，不能將錢鍾書的小說抽離現實社會或歷史環境之外，

---

[16] 戰亂所帶來的毀滅與破壞，常會使人與社會，及人與人之間產生一種疏離感。這可從西方文學窺出一斑。如近代歐洲，第一次世界大戰衍生了「達達主義」文學，它主要是以極端的態度否定一切，認為一切的表現終歸虛妄。至於第二次大戰之後，則出現了「存在主義」文學，這類作品展示了對宗教、婚姻、愛情及道德的懷疑與反抗，更表現了人際間的互不信任態度。錢鍾書的小說，在某方面而言，也是具有類似的特點。

特別是表現在人與人的關係上，若單純以人性或觀念性的解讀方式來尋繹其之內涵，勢必造成偏頗的看法（錢鍾書研究3，1992：56）。因此，將人際的疏離和淡漠置於時代環境的基礎上來加以剖析，才能較全面的揭示小說裏人物的生存狀態，進而也才更貼近小說中的現實內涵。

〈紀念〉中曼倩與才叔、以及〈貓〉裏愛默和建侯的夫妻關係即為最佳的例子。他們都處身在戰亂的時際，時代的易變與易毀處處都在影響他們的感情，使夫妻之間存在著一種冷淡和隔膜的情態，換句話說，他們的心靈根本沒有對話的空間，如曼倩與愛默，她們實際上是活在個人的孤獨世界之中，丈夫並無法走進她們的生活裏頭。從表面來看，他們與丈夫仍然維持著一定的依存關係，然而內心卻缺乏共同的體會與關愛。即使曼倩「結婚兩年多了，她沒有過著舒服的日子。她耐心陪才叔吃苦，把驕傲來維持愛情，始終沒向人怨過。」（1995b：154）但這份「把驕傲來維持愛情」的夫妻關係，正說明了曼倩在戰亂中逃難的孤島心理。她與才叔的關係宛如隔著一道土牆，故在堅強的外表下，才叔壓根兒窺探不到她內心的脆弱與寂寞。更何況才叔在她的眼中就像個孩子，無法以寬大的懷抱容許她倒在裏面放刁，這使她的孤寂與空虛更加深化，以致造成曼倩後來紅杏出牆的原因。同樣的，愛默與建侯的婚姻關係亦是充滿著貌合神離與乏善可陳的現象，如建侯的馴良與甘心

做太太下人的心態，以及愛默那「不但不服從丈夫，並且丈夫一個人來侍候她還嫌不夠」（1995b：79）的心理，顯現了他們的關係是建立在支配和順從的結構上，而不是在互相尊重與關懷的感知裏，因此，在缺少心靈的會通與融合之下，這種潛在的疏離感，至終形成了他們之間的矛盾和衝突，並構成建侯外遇出走的推動力。是以，當夫妻間的生活流於表面化，其之關係亦將落入冷淡、缺乏溝通的處境——剩下的也只是空虛的心靈，以及空殼一般的家。

而在戰亂的時局，一切的不穩定，使人無法保有持久的價值感。此外，生活的困頓與工作的不安定性，更時不時在牽動著人的敏感神經，令人靜不下心來去面對現實的殘酷世界。《圍城》裏方鴻漸與孫柔嘉的疏離感即在這種情況下產生。誠如前一章所指出的，方鴻漸是個被文化錯位所限定的尷尬困境知識份子，他的生活一直都是處在一種流浪的狀態之中，不論是從國外到國內，從上海到內地，或從內地又返回上海，漂泊的生活與戰亂的失序無疑造成了他對社會的疏離，另一方面也深化了他內心的孤獨感，如他與孫柔嘉吵架後，隱匿在文字背後的作者卻悄悄地附在方鴻漸背後，為他訴說出心中的感慨：

在小鎮時，他怕人家傾軋，到了大都市，他又恨人家冷淡，倒覺得傾軋還是瞧得起自己的表示。就是條微生蟲，

也沾沾自喜，希望有人擱它在顯微鏡下放大了看的。擁擠裏的孤寂，熱鬧裏淒涼，使他像許多住在這孤島上的人，心靈也彷彿一個無湊畔孤島。（1995a：329）

這份「孤島」處境，形成了孤絕的心理情態。易言之，別人難於進入他的內在世界，同樣的，他也無法走進別人的心裏頭去。即使面對自己的妻子，他亦存在著無法溝通、磨擦甚至相互折磨的情況。從訂婚到結婚以來，引發他們爭吵的原因，一方面是由於彼此間的性格與家庭文化背景有關，但另一方面卻是基因雙方都缺少對話與相互瞭解的空間[17]，以致他們夫妻間的裂隙在齟齬中日愈擴大，像他們某一次口角時的對話：

> 漸鴻道：「早晨出去還像是個人，這時候怎麼變成刺蝟了！」
> 柔嘉道：「我就是刺蝟，你不要跟刺蝟說話。」
> （1995a：351）

---

[17] 從方鴻漸與孫柔嘉的相處與對話模式來看，他們幾乎很少有共同的語言以瞭解彼此的需要。像胡志德（Theodore Huters）所指出的，他們的爭吵往往都是以「扯淡」的方式結束（胡志德，1990：228）。如在一次爭執中，柔嘉以「你扯淡，我就不理你」的話做結。方鴻漸「扯淡」的對話方式，實際上無助於他們夫妻間的相互溝通與瞭解，反而彰顯了他們的隔膜和相處的困境。

夫妻間的關係，一旦落入像刺蝟那樣，「不是你刺痛我的肉，就是我擦破你的皮」，則決裂的悲劇是勢在難免。其實可以這麼說，方鴻漸與太太存在的衝突，與社會的疏離，以及自身性格上的矛盾，令其處於無所適從的痙攣與沉淪狀態中，更成了孤寂所包圍的零餘者。王潤華曾把方鴻漸比做「一個活在荒謬世界中冷漠如卡繆的異鄉人的荒謬英雄（Absurd hero）」（王潤華，1978：152），事實上，方鴻漸在那「生存競爭漸漸脫去文飾和面具，露出原始的狠毒。廉恥並不廉，許多人維持它不起。發國難財和破國難財的人同時增加，各不相犯」（1995a：330）的戰亂時局當中，並不盡然荒謬冷漠，他仍然是存有理想，唯受困於外在環境的逼迫及受因自身矛盾性格的影響，使他如浮木一般，在海海人生的激浪裏，把握不住自己的方向。是以，他的疏離感是源自於一種本能性的無奈，而並非冷漠或否定他人與社會價值的表現。如他為了與報館的總編王先生共進退而辭職，即可見出其之生命熱忱的一面。總而言之，方鴻漸不能契入當時雜亂虛浮的社會及不被妻子所瞭解，使他宛若孤島一般，在日益膨脹的落寞和孤獨感中，沉默的掙扎，而最後無可奈何的走向了疏離與孤絕的處境。

除此之外，人與人的相處，總是充滿著許多不和諧的頻調，每個人心中都隱匿著自己的利益動機和目的，交相雜錯，不免就會產生各種壓制、角力和衝突的現象。而人是社會的動

物，不能超離人群而獨自存在，可是另一方面，人人又宛若海中的孤島，彼此各不相屬，這種關係，委實成了人與人之間最大的矛盾。故這種生存的二分律，看似荒謬然而卻真實無比地呈現了現代人的存在困窘。這彷如方鴻漸在三閭大學時對人際問題的警悟：

> 天生人是教他們孤獨的，一個個該各歸各，老死不相往來……聚在一起，動不動自己冒犯人，或者人開罪自己，好像一隻隻刺蝟，只好保持著彼此間的距離，要親密團結，不是你刺痛我的肉，就是我擦破你的皮。
> （1995：217）

說到底，人只要聚在一起，常會為了各自的私欲而使得彼此間的關係陷入緊張、複雜、及至疏離的狀態；嚴重者則會形成互相壓迫與攻擊的行為。《圍城》中三閭大學那些教授所呈現的關係網絡就是最好的寫照。在那神聖的知識場域裏，上至校長，下至講師，他們戴著學術面具的背後，卻是暗藏著蠕蠕而動的私欲。大家都在為自己的目的而明爭暗鬥、弄虛做假，以致這所被方鴻漸戲謔為「造謠學校」的高級學府，浮泛著各種不同的衝突。如：歷史系主任韓學愈與外文系主任劉東方之間的衝突、李梅亭與汪處厚為爭奪中文系主任職的糾葛、陸子

瀟把方鴻漸視為情敵、校長高松年與趙辛楣因汪太太而爭風吃醋，以及范小姐和孫柔嘉的不和等等，再加上校內一些所謂「粵派」、「少壯派」與「留日派」的結黨私營和爭權奪勢，令同事之間的關係顯得波譎雲詭和疏離冷淡。最明顯的，可從方鴻漸的遭遇中見出：

> 至於方鴻漸和同事們的關係，只有比上學期壞。韓學愈彷彿脖子扭了筋，點頭勉強得很，韓太太瞪著眼遠眺鴻漸身後的背景。鴻漸雖然並不在乎總覺得不快；在街上走，多了一個顧忌，老遠望見他們來，就避開。陸子瀟跟他十分疏遠，大家心照不宣。最使他煩惱的是，劉東方好像冷淡了許多——（1995a：272）

同事間的關係在此已被異化，不和諧的氣氛在他們之間瀰漫，感情上的疏遠，更在彼此的傾軋中更形擴大。在這裡，錢鍾書通過方鴻漸的孤立，如三稜鏡般映照出三閭大學知識份子群的隔膜狀況，也揭示了人與人之間所存在的自私、虛偽和排擠的疏離現象。誠如涂爾幹（Durkheim）所指出的，人在追尋各自的權益時，總難免會發生意欲相互抵觸、矛盾糾葛與衝突的情況，這宛如在人與人的關係網間打結，使人在彼此防範中產生集體的疏離狀態（馬立秦，1993：63）。而這種疏離狀態，在時代的

破壞與衰敗中更為明顯。尤其是地處偏遠和封閉的三閭大學，人在其中，如困圍城，因此大家都具有圍城的心態，不論是在情感或行為上，不免顯得狹隘和陰鬱。這就像方鴻漸所說的：「怎麼學校裏還有這許多政治暗鬥？倒不如進官場爽氣。」（1995a：209）一語道盡了三閭大學人際間錯綜複雜的現象，從中也映照出了知識份子背後那份幽暗的性格和偽化的心態。

　　錢鍾書常常藉著暴露人際互動中多重的系統關係，冷眼批判當時的社會狀態，進而探入此一狀態的深層肌理，而挖掘出隱藏在內的人性問題。如《圍城》中三閭大學的教授與講師群在人際互動中所呈現的陰暗面即為一例，至於〈貓〉中一群混跡在文化沙龍裏的「精英名流」，則是構成另一類典型的例子。故從愛默所設下的茶會中，我們可以看到那群包括教育界、文學界、新聞界與科學界知識份子們所展現針鋒相對的場面。而在他們禮貌周到的談話裏，實際上都是暗藏著機鋒，或諷刺、或譏評、或貶抑、或調侃，彼此互相碰撞攻擊，宛如在進行一場心理的戰術，因此，若掘開他們表面的朋友關係，則可以窺見他們內在所存有的一大團疙瘩和疏離的情態。像作者所敘述的：

　　　　他們彼此吃醋得厲害，只肯在一點上通力合作：李太太
　　　對某一個新相識感到興趣，他們異口同聲講些巧妙中聽

的壞話。他們對外賣弄和李家的交情，同時不許任何人
輕易進李家的交情圈子。（1995b：97）

這段描述，幽微巧妙地揭露了這些「精英名流」之間相互防範
的心理：他們一面為愛默爭風吃醋，一面卻聯合排擠他人進入
交際圈子。因此我們可以窺見，在這交際圈中沒有真正的朋
友，有的只是彼此勾心鬥角和互相揶揄的行為。即使愛默，也
只是把他們當著她生活裏的「習慣」而已，故人際的聯繫在此
似乎只是為了某一種目的[18]而存在，實質上，大家的情感卻是
疏離和冷淡的。錢鍾書在此尖刻的勾勒出人與人互相抑制、角
對和貶低的自私特性，並以此揭示現代中國「某一部份社會、
某一類人物」所存在的疏離現象，且真切的映現了一些人在人
際間荒誕無為及心靈扭曲的醜陋樣貌。

　　值得一提是，錢鍾書相當警醒的瞭解到人際關係中所存
有的缺憾，人人都以自我為中心，因此情感的連繫也就趨向了
冷淡和平面化，尤其是當大家都自顧自的為自己的利益計算，
則人與人的關係也就顯得越來越疏離。而平常潛隱在意識內的

---

[18] 這裡所指的「目的」，可以是為了消解空虛寂寞，也可是為了滿足彼此的虛
　　榮心。如敘述者所描述的，這些「精英名流」到李太太的家，目的在於保有
　　一份「經濟保險的浪漫關係，不會出亂子，不會鬧笑話，不要花費，而獲得
　　精神上的休假。」（1995b：97）至於愛默則是藉由操縱這些名流以達到自
　　己虛榮心的滿足感，另一方面也可由此交際生活來填補她的空虛心理。

人性幽黯面，在戰亂中，更像一面龐大的陰影，一覽無遺的全被映照出來了。即使是親屬之間，他們的關係發展也是與個人利益息息相關的，如《圍城》中方鴻漸的兩位弟婦，在柔嘉尚未踏入方家的大門時，就預先對著她的結婚照加以攻擊。如三弟媳指數柔嘉在照片上的漂亮是「靠不住」，而且只敢「照半身」，言下之意即暗示孫柔嘉是未婚先孕，不敢以「全身」示人；而二弟媳則認為「孫柔嘉臉上一股妖氣，一看就是個邪道女人。」（1995a：318）及至柔嘉進到方家的大門，兩弟媳見到大嫂並無她們想像中腆起大肚子丟醜的跡象，都深感惋惜和失望。而後又藉故探訪柔嘉，以便暗中探知公婆給她的陪嫁品。在此，從兩弟媳那種等待看戲的心態，到暗中比較嫁妝的多少，這過程不但隱含著傳統女性互相壓迫與焦慮的行為，另一方面也表徵著人際間的虛偽與疏隔。故孫柔嘉曾不遮掩的就此對方鴻漸諷刺道：

> 我厲害？沒有你方家的人厲害！全是三頭六臂，比人家多個心，心裏多幾個竅，腸子都打結的。（1995a：338）

而一向與家庭習而相忘的方鴻漸，夾在妯娌間勾心鬥角的窄縫中，也才發現那個「跟三閭大學一樣是個是非窩」（1995a：340）的家，實是匿藏著不少詭計暗算與仇嫉卑鄙的因子。故

從妯娌相互角力傾軋，彼此都帶著防禦的心理，到雙方的逐漸疏遠，無疑可以見出那親情背面所蘊涵的戲劇性和虛偽性。錢鍾書在此大量的挖掘傳統大家庭中女性內閨性格的陰暗特質，由此曝露出妯娌關係的虛假不實與疏離的情態。而這份情態擴延到人性與人際上的問題來看，不免予人一種病態和幽黯的感覺。此外，方、孫兩家的相互鄙視，如「方家恨孫家簡慢，孫家厭方家陳腐，雙方背後都嫌對方不闊」（1995a：326）的輕蔑態度，以及孫柔嘉親密的姑媽與方鴻漸之間的彼此憎厭，更是把人與人之間的糾葛矛盾和衝突拉拔到最高點，在這裡我們似乎看不到溝通與瞭解的和諧，或關愛與真誠的對待，有的只是像方遯翁所謂的「秦晉二國，世締婚姻，而世尋干戈」（1995a：326），或恰如趙辛楣所說「有群眾生活的地方全有政治」（1995a：209）的人際困局。是以，人人都彷彿成了孤島或刺蝟，不是疏離，就是互相傾軋與刺痛對方，並在自我封閉的空間，將生活與生命的形態複雜化和尖銳化。當然，我們可以將這種現象歸屬於家庭衝突或文化衝突的問題來加以闡釋，但歸根究底，它實際上卻是人底劣根性的一種表現，而這種表現一旦落入人際關係的網絡裏，無形中就造成了緊張、矛盾，甚至衝突的疏離現象，也形成了畸形社會的畸形情態和景觀。

從上面的論述可以發覺，「人」在錢鍾書的文本中，不單只具有陰暗的性格，而且還代表著一種疏離的符號。這些

「人」在人際的互動關係中，形成了互相制約又互相排斥的個體，因此不論是虛偽作假也好，或明爭暗鬥也好，在他們的生命和生活當中充滿了太多的矛盾與疏離的情態。誠如佛洛姆（E.Fromm）所指出的，這類情態是人生活素質的最大破壞力（佛洛姆，1997：71），它將使人的情感失落在一片心靈的荒漠之中，而呈現了冷漠、孤獨、無奈與無法融合的情境。至於，戰亂更是把一切具有價值的東西都消毀掉了，包括人的價值品格和生活情調，因此在混亂的末日情景中，剩下的只是一些猥瑣、卑微、庸俗的世態與人生劣質。在此，錢鍾書以戰亂的局勢映照人與人的人際糾葛，貼切地描繪出其小說中人物的圍城心態，也幽隱地帶出了人生在欲望追尋中所造成精神與情感失落的內在主題。這是他作品演繹最成功的所在，可惜卻被許多讀者所忽略掉了，以致無法體會錢氏小說在這方面的深刻性。

小結

總而言之，從以上所論述的男女之間的情愛、夫妻之間的婚姻與人與人之間的情感問題等，可以窺見，錢鍾書實際上是通過他的小說書寫，去透視這些「人」背後的欲意迷思。換句話說，人的意識（欲望）具有一種空乏性，即人只要藉某一對

象得到滿足後，它接著又會回復到空乏的狀態，以尋求另一個短暫的滿足之感，這形成了人在追求到幻滅的整個人生歷程，這使人不得不在自己的感情世界浮沉不定。所以卡繆指出這就是人的悲劇根源。因而，從錢鍾書的文本中，我們可以看到人在愛情中的追逐、抉擇與疏離，也可以從婚姻裡窺及兩性間的「圍城」心態，即城裏的人想沖出去，而城外的人卻想衝進來；以及「圍城者」與「被圍者」的爭執和決裂。更可以看到人與人之間的傾軋、隔閡與淡漠的人生現象。是以，在作者帶著幽暗的三稜鏡角下，人生表象的世界在機械文明與騷動的欲望心理間，變得被扭曲與蛻化，人也在追求與被追求中迷失了自我。而欲望不斷膨脹，精神世界卻日漸縮小，人至終將會在欲望的追逐中，遺忘了自己原有的心靈故鄉，而失落在一個漂泊的世界。像方鴻漸，像曼倩，也像愛默與建侯，在他們的圍城人生裡，將會不斷重複著追尋與失落的故事。所以，若從這方面去做解讀或闡釋，則我們會發現，錢鍾書所書寫的小說，並非像一般人所籠統稱謂的「愛情小說」所能涵括，實際上，在那愛情與婚姻，以及在人與人之間的情感世界背後，卻隱含著另一個人生與人性的重大命題。故我想，這才是為甚麼夏志清會特別注意到錢鍾書小說的其中一個原因了。

第三章

人生命題：存在與虛無

前言

　　作為一個特出的小說家，其最基本的內在條件是對生命與人生懷有深沉的感悟和思索。故「人」往往成了小說的敘述重點，即小說家通過對「人」的觀察、探究與反思，擴延到對「人」存在感受與存在價值的定視，以去滲透人生本質的問題。而從另一層意義上而言，小說家藉由小說的書寫，可被視為一種存在意識的自我表現。在這裡，小說無疑成了小說家逃離內在世界的一扇窗口。誠如盧卡其所說的，小說敘述的是內心的冒險，即作者藉由自我靈魂的冒險活動來考驗和證明自己存在的本質（盧卡其，1997：62）。因此，通過小說的書寫，小說家的存在意識才能在其隱蔽與警拔的思維中得到解放。

　　而錢鍾書所置身的四十年代是個充滿危機、不安和紛亂的時局。那時抗戰爆發，日軍橫虐，使得整個中國陷入一種水深

火熱的困局之中，在那段艱難和淒苦時期，人的存在受因顛沛流離與死亡的逼脅而變得怖慄、孤獨、疏離和焦慮不安。故處在這樣的情境之中，不得不令人感到存在與自由的可貴。而另一方面，傳統價值的急速崩潰，以及西方文化的入侵，也造成一些知識份子對本身的文化產生了困惑。因此，在內外交迫之下，許多知識份子實際上都如錢鍾書那樣：「待親率眷，兵罅偷生。如危幕之燕巢，同枯槐之蟻聚。憂天將壓，避地無之，雖欲出門西向笑而不敢也。」[1]，是以，所有的苦悶、惆悵與無奈，都只能通過書寫來加以紓解。所謂「銷愁舒憤，述往思來。託無能之詞，遣有涯之日。」（同上）即錢鍾書當時最好的寫照。也由於對自身生命與歷史進程的無法把握，時代的危機最終如暗影重疊地轉折為他小說的一個重要命題，即人的生存權力、人的存在感受、尊嚴與個性解放等交雜輻湊而衍繹出的一個問號：「人生的意義到底是甚麼？」，這問號在這裡已然擺脫了對個人與國族的思考，而回歸到「人」最基本的存在問題上來加以探索。因此，在錢鍾書的小說裏，人的存在感受

---

[1]　參閱《談藝錄》序（錢鍾書：1988：1）。從1937年七七事變開始，整個八年抗戰，許多人在燒、殺、搶的戰爭毀滅中四處流竄。而在1942年錢鍾書所寫的一首七律《故國》，是最能表達他與一般知識份子當時的心情：「故國同誰話劫灰，偷生坯戶待驚雷。壯圖虛語黃龍搗，惡讖真看白雁來。骨盡踏街隨地痛，淚傾戰海接天哀。傷時例託傷春慣，懷抱明年倘好開。」（錢鍾書：1994：99）。

無疑成了一條相當重要的思想脊骨,牢固地支撐起他的小說的主題。

實際上,存在文學在歐洲,尤其是第二次世界大戰後曾產生廣泛的影響,法國的沙特(J.P.Sartre)、卡繆(Abelt Camus)、梅洛‧龐蒂(M.M.Ponty)與波娃(Beauvoir)等,挾著他們對存在哲學的能量,或以文學作品,或以理論著作,擴大了存在主義的思潮[2]。而存在文學所展現人的生存狀態與存在過程中變化不居的思想情緒,如焦慮、抉擇、失落、煩惱、痛苦、嘔吐及荒謬等,正反映了世界大戰後從歷史浩劫中走出來那千萬生靈的幽暗心態。至於在經濟危機與屠殺餘波仍未解除的陰影中,處在海德格(Martin.Heidegger)所謂「無家可歸」的破碎年代裏,人普遍感受到自己是被「拋棄」(thrown)的,以致精神在無可依據下而產生空虛、苦悶、哀痛乃至絕望的處境。這些情緒很自然地成為存在文學推展的風

---

[2] 存在主義雖是在第二次世界大戰後在法國形成並發展開來,但探其根源,則十八世紀中丹麥哲學與神學家齊克果(S.Kierkegaard)、尼采(F.Nietzsche)及第一次世界大戰後的雅斯培(Karl Jaspers)是開其體系的先哲、及至第二次世界大戰後,德國的海德格(M.Heidegger)與法國的沙特才以龐沛的著作形成了獨具風格與成熟的存在主義體系。但在這裡必須指出,存在哲學與存在文學還是有所不同的。存在文學並無意去彰顯存在主義的思想體系與理論觀點,而是在於表現人存在的一種人生觀以及存在狀態。套一句波娃所說的:「作家是依據自己的人生體驗,而不是根據理論體系來創作小說的。」(柳鳴久主編:1997:4)因此,本章所提出的存在文學,亦做如是詮釋。

潮巨浪，使其影響在四十年代的西方達到了巔峰[3]。

　　而錢鍾書在三十年代中曾留學英、法，對存在主義也必定有所涉獵。從他所著的比較文學論著如《談藝錄》及《管錐編》中，多次徵引齊克果、雅斯培、海德格、沙特及卡夫卡等的哲思來看，可以窺知錢氏對這門思潮並不陌生[4]。尤其處身在戰亂之中，感受著如奧登（W.H.Autum）在《憂慮年代》中所說：「許多人已經毀滅，更多的人將要毀滅。」（麥克羅伊：1989：35）的憂慮情景，人之孤獨、疏離、焦慮、恐懼與死亡輻湊成了某種晦暗的存在狀況，這對錢鍾書而言，必然是具有深刻的經驗。因此，在錢氏的作品裏，我們可以窺見，他嘗試以人之存在感受去貫串小說的主題。不論是文化精神的危機、情感的困局或人與人之間的疏落，處處都涵蘊著一個存在的命題，以揭顯現代人在時流中那難以把握的命運與動蕩不安的靈魂。

---

[3]　在當時受到沙特和波娃影響的有雷蒙‧格諾（Raymond Guerin）、奧德里（Colette Audry）、熱內（Jean Genet）、波里士‧維昂（Boris Vian）等作家；而受卡繆影響的則有尤內斯科（Eugene Ionesco）、貝克特（Samuel Beckett）與韋因迦登（Romain Weingarten）等。存在文學在四十年代末所刮起的旋風，很快的從歐洲散佈到世界各地，甚至遠在美國的小說家貝洛（Saul Bellow）與諾爾曼‧梅勒（Norman Mailer）的作品亦深受存在思潮的滲透（高宣揚：1993：458），由此可以窺見存在文學對當時文學界的影響了。

[4]　實際上，錢鍾書所引用一些存在主義先哲的話，可在《談藝錄》的第99、312、330、414、536、618頁及《管錐篇》第一冊中的115、147頁；第二冊中的第409、437、485、591頁；第三冊中的1065頁；第四冊中的1425、1543頁及第五冊中的176、222與265頁裏尋得。從這方面的引證足以證明錢鍾書對存在主義是具有一定的認識。

故本章將以存在主義的某些特質去尋繹錢鍾書小說中的
「圍城人生」[5]，並企圖以此解讀文本中的時代性、哲理性、
荒謬性、悲觀性與暴露性背後隱蔽於一個存在者在時代變動
中，所呈現的生命形態與人生影像。

第一節　生命的漂泊與虛無

　　存在主義所探討的主要是人存在的問題。如海德格所指出
的，人是被「拋擲」（gevorfen）到這世界上來，而此一「拋
擲」並不是人的主觀意志所能決定的，因此在這種情況之下，
人的存在是潛伏著孤獨與恐懼的心理，這使人趨向於成為一
個「常人」（das Man），即每個人都和其他人一樣，雜然共
在並互相參照與模仿，以消解或磨滅自我獨特的屬性，以致
形成了人的貶值與人格的異化，並失去了主體的特有精神。這
現象造成了存在的「陷落」（Verfallen），換句話說，人被世
俗化了，並且沾黏於世界日常重複的事物中而無可自拔。可是

---

[5]　以「圍城人生」解說錢鍾書小說的主題，其實是呼應夏志清在《中國現代
　　小說史》中「《圍城》是一部探討人的孤立和彼此間的無法溝通之小說」
　　（夏志清：1979：452）的評語。但夏志清只看到《圍城》，卻忽略了錢氏
　　短篇小說中如〈上帝的夢〉、〈貓〉與〈紀念〉實際上也存在著這種現象。
　　故筆者在此將錢氏小說中的這種現象概括為「圍城人生」，並將以存在的視
　　角去做探討。

在另一方面，人又不甘受困於周圍世界的限制，以及藐視做為一個「常人」的存在，而想在時流中超拔為一獨立的自我。是以，處於陷落為現實的存在與企圖追求超越有限性以掌握自我的存在之間，人永遠是活在矛盾的情緒裏，也由此呈現了人生的荒謬與痛苦的根源。所以海德格坦然指出：「人生是充滿憂慮（Sorge）的。」[6]而此一憂慮，即展露了人生內在的不穩定性。可以這麼說，由於憂慮潛佈，驅迫著人必須在人生道上不斷去進行抉擇和永不休止的行動，以致人永遠都處在漂泊之中，宛若空中漂浮的塵埃，無根無據，無緣無故，至終失落為一種虛無的存在。

綜觀錢鍾書的小說，他筆下的「存在者」都是一些知識份子，而以知識份子作為「存在」的探討圖像，顯然是比一般角色更能深化「存在」的意義與內涵。尤其是作者以此「存在者」來觀照現代文明的危機與現代人生的困境，無疑是最能碰觸到「存在者」實際的存在狀態，倘使換做是其它角色如工、農、兵、商等，則其之內在意蘊就不可能那麼彰顯與深刻了。因為只有知識份子才能在那古老價值急速崩潰，而新文化秩序

---

[6] 參見海德格著‧王慶節／陳嘉映譯：《存在與時間》（1994：161-181）。其實Sorge作為存在哲學的概念，應源於齊克果。後來被海德格加以全面的論述。就中文對此一譯詞有焦慮、擔憂等字眼。它表現著此在（Dasien）在世的一種切身感受狀態。

尚未成形的苦悶與騷亂時代中，呈現出他們在追尋、抉擇乃至虛幻的人生實景。另一方面，這種存在的生命情境，卻具有其之普遍性，故也可以充類其盡地表徵於其他「存在者」那充滿不確定性質的存在中。簡而言之，錢鍾書寫他所熟悉的知識份子群，實際上也正是在挖掘著「無毛兩足動物」（人）的存在性質與意義。因此，在錢鍾書那智性斂聚的筆尖上，我們可以發覺一些巔沛流離的「人」，都成了無法掌握自己命運的「存在」，在感情上，他們都是被放逐的囚者，他們雖然仍在生活著，可是卻成了人世間無根的浮塵。

明顯的，在錢鍾書的小說裡，「存在的漂泊」是一個相當重要的概念。不論是在感情或文化上，許多知識份子都找不到一個精神的據點。他們在自己生命的顛泊中均不能超拔而上，以致最後失落為一空虛的存在。〈紀念〉中的曼倩可以在這方面做為最佳的說明。就曼倩本身而言，她原是一個「體面人家的小姐」（1995b：157），但嫁給才叔後，卻基因戰爭的緣故而必須隨著才叔辦事的機構落腳到一處高山重重圍繞，山地乾枯以及砂塵飛揚的內地小城。套用海德格的術語來說，她是被「拋擲」到一個非出自她所願選擇的地方和境遇去，而在那生疏的環境中，她的心靈彷彿是被孤立起來；丈夫不瞭解他的心情，而且朋友疏稀，可讀的書又少，這種覺得自己被摒棄並被置於不定與不安的心靈狀態，在以下這一段文字中可窺見一斑：

才叔的不知世事每使她隱隱感到缺乏依傍，自己要一身負著兩人生活的責任，沒個推託。自己只能溫和地老做保護的母親，一切女人情感上的奢侈品，像撒嬌、頑皮、使性子之類，只好和物質上的奢侈品一樣禁絕。才叔本人就是個孩子，他沒有這樣寬大的胸懷容許她倒在裏頭放刁。家事畢竟簡單，只有早起忙些。午飯後才叔又上辦公室，老媽子在院子裡洗衣服、曼倩閒坐在屋子裏，看太陽移上牆頭，受夠了無聊和一種無人分攤的岑寂。（1995b：157）

在這裡，暴露於曼倩心靈中的是孑然一身的孤獨感和空虛的心緒，從文中的「缺乏依傍」、「無聊」與「岑寂」等詞，無疑深刻地勾勒出了曼倩那一份內在的心靈困境，而這份隱密的心宇連最親近的人也無法知悉。另一方面，從「鋪填不滿一天天時間和靈魂的空缺」（同上）來看，曼倩的心靈可以說是被拋棄在一個無人之境，並如困城般，使她孤單的靈魂找不到一個可以宣洩的出口。在此，我們可以窺見曼倩身處異地，潛伏於內心深處的浮動不安和焦慮情態。而天健的出現，正好可以讓她轉移空虛、寂寞與焦慮的心緒，並企圖藉此疏導自己的情感走出一個空洞的世界。而這婚外情是在曼倩自忖不會愛上天健，及自忖有丈夫作為一個界線或保障的雙重考慮下去進行

的，殊未料到，她最後還是因為這份曖昧性的婚外情而跨出了自設的界線，並不知不覺黏滯在那感情之中，以致情感心靈終日陷落在另一種不安與恐懼的處境裏：

> 今天他是不會來了，也許明天，好遠的明天！簡直按捺不住心性來等待。同時首次感到虧心，怕才叔發現自己的變態。……天醒來，昨夜的難受彷彿已在睡眠時溜走。自己也覺的太可笑了，要那樣的張大其事。天健同女人出去玩，跟自己有甚麼相干？反正天健就會來，可以不露聲色地藉玩笑來盤問他。但是一到午後，心又按捺不住，坐立不定地渴望著天健。（1995b：171）

從這一段描寫，可以窺出曼倩內心的顛簸不寧。等待的煎熬正也顯示出她在感情上的黏滯[7]與迷失，以致構成一種壓抑的焦灼和煩躁。從這方面來看，曼倩可以說是已在這場愛情遊戲中成了「被俘虜的靈魂」，這亦無疑形成了曼倩在情感上的最大焦慮：「覺得自己毫無保障的給煩惱擺佈著。要撇開不想，

---

[7] 對於黏滯（Visqueux）這一特殊的概念，沙特曾以它做為揭示存在的性質，並認為人的存在都是離不開含糊曖昧（ambiguity）的黏滯狀態，它是承擔著情感的意義，涵具佔有的內聚力，如同吸盤，附於自我之上，卻遲緩地流逝。在人們以為已經抓住它的同時，相反的，它其實已緊緊抓住了人，甩也甩不脫（沙特著／陳宣良等譯：1990：839）。

簡直不可能。」（1995b：172）在此，曼倩顯然落入了一種無助或沉淪的存在情態裏。而依照保羅‧田立克（Paul Tillich）對焦慮的闡述，認為方向的失落、反應的失常，或意圖的缺乏都是造成一個人面受無援狀態的焦慮原因，它亦將形成一種惶惶的心理威脅，令人不知所措（保羅‧田立克著／成顯聰、王作虹譯：1990：29）。依此而言，曼倩的存在狀態正是陷落在這樣的一個處境，即毫無安全感可言，也喪失了自我的肯定，這種喪失自我本身，正是構成了曼倩的存在淪陷與漂泊意向。而在一場肉體的接觸之後，這份自我迷失的煩惱並未隨著曼倩徹悟到自己並非真正的愛天健而消解，反而由於天健的死，更使得這份隱匿的感情被迷離化了。潛在的焦慮也暫時被隱蔽並置換為讓曼倩感到一種「被釋放的舒適」，亦即脫離黏滯的感情狀態，而將過去不安的情事壓縮在記憶裏，成了一份紀念。在這裡，錢鍾書對曼倩那份被「釋放」的心情有很好的描述：

> 至於兩人間的秘密呢，本來是不願回想，對自己也要諱匿的事，現在忽然減少了可恨，變成一個值得保存的私人紀念，像一片楓葉、一瓣荷花、夾在書裏，讓時間慢慢地減退它的顏色，但是每打開書，總看得見。她還不由自主地寒慄，似乎身上沾染著一部份死亡，又似乎一部份身體給天健帶走了，一同死去。（1995：179）

存在主義者如海德格認為死亡是通向自由之路，亦是向「真正存在」敞開的大門。換句話說，人生是充滿著擔憂與焦慮的，只有在死亡中，人才能擺脫自己「失落」的境界而解除擔憂與焦慮的困擾，並順然進入「真實的存在」。可是沙特卻認為，死亡是一切的毀滅，它將斷絕所有的可能性，使存在的顯像消隱。只是在這裡，天健的死，卻仍無法讓曼倩得到自由的解脫；而她那「似乎一部份身體給天健帶走了，一同死去。」的感覺，實際上並未能讓她完全從不倫的情感黏滯中掙脫出來。時間磨滅不去的，依舊是她那份隱匿在內心深處的道德譴責與憂慮之感。接著，錢鍾書又安排她陷入了另一個焦慮的存在之境——即她懷了天健的孩子。這安排無疑可視為作者對存在者「事與願違」的一種嘲弄，因為這一份「紀念」是曼倩無法擺脫的宿命，像不知情的才叔在無意中所說的：「命裏註定有孩子，躲避不了」（1995b：180），這徵示著她將永遠黏滯在這感情上而無法自由，除非死亡，才能令她超脫。在此，我們可以窺見錢鍾書在小說中的佈局策略，他一步一步地挖掘出曼倩的存在困境，由此幽微地揭露了一種人生反諷的深意，間接也表現出存在的偶然性與荒謬感來。

　　總而言之，從以上的閱讀可以窺見，曼倩的精神永遠是處在一種空虛的狀態，從愛情、婚姻到婚外情，曲折地道出她的心靈一直是在孤獨與失落感中漂浮度過，她企圖在這過程中

去尋找存在的充實感，然而一切的追索最後卻全然墜入虛無之中[8]。至於她後來所懷的孩子，卻成了她外遇中的一個「紀念」，更成了她人生的一種懲罰與嘲笑。這類在人生的生活中沒有據點與目的，在卡繆的眼中來說，無異於處身在失去了幻景與光明宇宙中的一個異鄉人，她所處身的境遇也將是一種無可挽回的終身流放。因此，她的存在，必然是一種虛無（卡繆著、張漢良譯：1974：36）。而錢鍾書對曼倩的書寫，正也提供了這樣的一個解讀[9]。在此值得注意的是：錢鍾書對曼倩的行為並沒有定下任何的道德或價值判斷，他只專注地描述在文化轉型與戰亂時代所產生蛻變的一個人底存在狀態。因此，在漂泊與自我的喪失，以及虛無與存在的遺忘國度裏，可以這麼

---

[8] 錢鍾書對於這方面的描述，全鍊結在小說的最後一段；即才叔說為了紀念天健而想給曼倩肚裏的孩子取名「天健」時，「曼倩不知要找甚麼東西，走到窗畔，拉開桌子抽屜……」當才叔問她在找甚麼，她卻關上了抽屜並含糊地說：「不找甚麼——我也乏了，臉上有些升火。今天也沒幹甚麼啊！」從這些慌亂又帶掩飾的言行固然表現出曼倩心裏的不安、愧疚與懊悔。但從另一層解讀來說，曼倩開抽屜尋找東西，到關抽屜回答才叔說不找甚麼，與有點自言自語：「今天也沒幹甚麼啊！」，整個過程，都在象徵著曼倩漫不經心與沒有目標的人生現象，她的動作行為無疑也是在象徵著存在的荒謬（absurdity of existence），一種人生漂泊無據並趨向無為的虛無世界去。

[9] 在這方面，許多閱讀者都只將目光焦聚在曼倩的婚外情上，而忽略了往更深一層的存在意義中去探索曼倩的存在狀態，這無疑落入了閱讀上的表層面，而無法掌握到文本的內在意蘊。故筆者嘗試以此做一闡釋，希望能在這方面的閱讀空白填充上一些意涵。

說，錢鍾書睿智的慧眼，無疑已透視了曼倩站在人生廢墟上那一份悲劇的命運。

而做為一個人，存在的不確定性質總是驅迫著人不斷在他們人生的旅途上去做抉擇，而一切的抉擇無非是為了尋求人間美滿的幸福，所以尼采（F.Nietzsche）指出這正是人生悲劇的開始。在不斷抉擇與漂泊不定的世界裏，人至終將要嘗到「永無止境的失敗」（鄔昆如：1975：103）。換而言之，在人的一生中，總是為了自我不完滿的缺欠而不斷去追求，這使人永遠處在「路途」上，永遠在漂泊，也永遠填不滿心中的空洞及無法抵達一個真實存在的地方。這樣的行動，構成了一種荒謬的色彩。錢鍾書將這類人生的存在感受延入文本之中，使其小說在某種程度上拓展了主題的寬度，也挖出了思想的深度。以〈貓〉中的愛默與建侯這對夫妻為例，一個是努力於保持自己的美貌和善於在交際圈中展現風頭，一個卻是在太太的壓制下表現得馴服與自持。他們的依存關係是繫於名譽榮耀和物質之上，以致他們的生活呈現著空虛的狀態。為了填補心中的那份空洞，故愛默永遠都在凸顯著自己的優點，如錢鍾書的描述：「在一切有名的太太裏，她長相最好看，她為人最風流豪爽，她客廳的陳設最講究，她請客的次數最多，請客的菜和茶點最精緻豐富，她的交遊最廣。」（1995b：77）在這一連串的「最」字裏，生動地勾勒出愛默那一份處處追求優越以贏

取聲望的心態。而在這份追求優越心態的背後，我們可以解讀到的是蟄伏於她內心的存在焦慮。同樣的，建侯對愛默的千依百順，並帶著一種「被佔有、做下人的得意」心態，實際上也隱含著一份不安的心理。這如德國心理分析學家卡倫・荷尼（Karen Horney）所指出的，當一個人的內心深處潛藏著焦慮感，則他往往會在潛意識中以一種自衛方法形成保護傘去保護自己。如「藉獲得實際的權力或成就，或佔有事物，或獲得稱譽、聲望與美貌智力來取得安全感。」，或以一種「服從的形式，壓抑自己的情緒，心甘情願地接受別人的支使，以消解自己害怕受到傷害的心理。」（荷妮著／葉頌壽譯：1994：97）這兩種潛在焦慮的轉移，前一種可在愛默的行動中見到，而後一種則是體現在建侯的身上。他們夫妻的這兩種存在方式，揭示了現代人的一個存在困境，即心裏的空虛感與心靈上的無法融合。錢鍾書在這裡自覺地將形象的描寫推移向哲理性的鑄陶，讓文本中的隱含意義隨著情節的發展而逐步剝顯。尤其是到了小說的後段，愛默在陳俠君的通知下得悉建侯的背叛，於是便主動向對充滿愛情幻想的頤谷調情以圖報復，結果卻把頤谷給嚇跑了，在此，錢鍾書慢慢地撥開了愛默的存在表象，讓隱蔽在表象後的真實自我裸現，也讓一切蠕動的焦慮意識，形象化的展示出來：

李太太看到頤谷跑了，懊悔自己太野蠻了，想今天大失常度，不料會為建侯生氣到這個地步。她忽然覺得老了，彷彿身體要塌下來似的衰老，風頭、地位和排場都像一副副重擔，自己疲乏得再挑不起。她只願有個逃避的地方，在那裡她可以忘記驕傲，不必見現在這些朋友，不必打扮，不必鋪張，不必為任何人長得美麗，看得年輕。（1995b：127）

　　愛默這份真實存在的揭顯，無疑是把長久以來壓縮在無意識中的焦慮情態釋放出來。所以榮格（Carl Jung）說，人只有在走向自己時才能與自己相遇（榮格著／鴻均譯：1990：48）。易言之，人們常常以演員的面具掩飾自己的面容，以至最後他們分不清那一個是面具，那一個才是自己的本來面目。如此，以「假面」（dramatic persona）所呈現的存在狀態，乃意味著本真的脫落而落入至沉淪的處境，亦即以「假在」[10]（das Falschsein）的現象顯現於「世界」之中（海德格著／王慶節、陳嘉映譯：1994：176）。在如此自欺的掩蓋下，則使自身的本質被蒙蔽了，也使本真被「假在」孤立起來，而成了

---

[10] 海德格在這裡所謂的「假在」，是指遮蔽的意義而言。意即將某種東西掩蓋在另一東西之前，使這樣的東西以虛假的存在現象向「世界」展開或呈現。

「作繭自縛」的處境。因此,唯有人在面臨極大的頓挫及孤援無助的情況下,回過頭來真實地面對自己,人才有可能揭開面具找到隱匿在面具背後那一份真實的自我。在這過程中,我們可以窺到愛默從具體的存在狀態失落裏展開了與「存在」的辯證,讓蔽而不露的自我敞開來說話:「只願有個逃避的地方」、「在那裡可以忘記驕傲」、「不必見現在這些朋友,不必打扮,不必鋪張,不必為任何人長得美麗,看得年輕」等。同時,我們也可以從這裡解讀到愛默在精神上的顛泊與浮沉,她所必須面對的仍然是未來茫茫的世界,渺渺的前程。這種感覺同樣也出現在正攜著新歡坐在火車中的建侯身上,他那懊惱自毀家庭的意念隨著火車向前馳去,而前方卻是一個永無止境的深淵,沒有希望,沒有夢想。反而坐在他身旁的新歡卻是「覺得人生前途正像火車走不完的路途,無限地向自己展開。」(同上)這樣的一個對照,正透顯了建侯在抉擇和行動中那一份無根據性、無目的性的虛無與荒謬的人生性向。然而必須在這裡指出,錢鍾書在此對「存在」做深層的開掘,常常是以一種調侃性戲謔與反諷的手法去進行敘述,如張曉雲所說的「竭盡嘲笑和挖苦之能事」(張曉雲:1990:52),以致文本中的隱含意義最後被掩蓋在他那貫有的「嘲笑和挖苦之能事」的敘述方式之下,而往往被許多讀者忽略掉了。事實上,錢鍾書對存在的思索,主要是在於揭露一些受西方文化影響的

現代知識份子，在精神的失落中，所呈現出無目的性與沉浮無據的生活態度，由此亦展現了他們在時流裏，所演繹出一齣齣毫無意義的人生劇碼。

　　總而言之，錢鍾書是相當關切人的存在狀態。在文化斷層與戰亂的罅隙間，錢鍾書筆下的許多人物都成了失去精神依託和無家可歸的幽靈。他們穿梭在破碎的時代中，在擔憂、焦慮和不安裏去進行一番追索與奮鬥，到了最後，卻發現一切的希望都陷落在空幻與虛無之中，一切的行動都是枉然。因此，卡繆把這樣的人世現象稱為「荒謬的世界」（absurd world）。這種荒謬是在於人的命運註定是永遠要在現世中浮沉和漂泊；而意識（欲望）的欠缺／空乏，驅迫人藉著追求去獲得短暫的滿足，唯滿足只在於剎那，過後又會回復到欠缺／空乏的狀態，這將使人常常感到不足，以致令人不斷行動和一直追求下去，周而復始，永無休止。所以沙特說，人的生命只是一堆無用的熱情，永遠在追逐中得不到他所冀求的解脫[11]。

---

[11] 沙特把「存在」一分為二，即自為存在（或譯自覺存在）與自在存在（或譯自體存在）；前者是一種意識，屬於「為我地」存在，它的特性是自由與不斷的超越。而後者則是存在的「自身性」，自足與安定。唯自為存在是依賴自在存在而產生。它與自在存在是相依並存卻不能合而為一，因為只要它結合為一則將喪失其自由與自我超越的特性。然而自為存在是欠缺的，換言之，它永遠是不完滿，這使它不斷地想要去填滿或超越永不完滿的自身，這矛盾的性向使人的一切行動徒然無著，永難達到目的（沙特著／陳宣良譯：1994：125-167）。

是以，在茫茫人世的道途上，人往前瞻望，是一堆堆磷磷的白骨，讓人無所依據；而往後回首，卻是一片蒼涼無盡的曠野，理想卻越追越遠。這也是海德格所稱謂的「無家可歸感」（Heimatlosigkeit），這份漂泊與失落的感受，是人的命運，也是一種世界的命運。綜觀〈紀念〉裏的曼倩、〈貓〉中的愛默與建侯，以及《圍城》裏的方鴻漸，都呈現了這樣的一種存在狀態與歷程。這無疑反映了錢鍾書那份身繫憂患與在亂世中東奔西竄的存在悲感，而人在現世中的存在渺茫和漂泊性，在這裡更是顯露無遺。

從另一層閱讀而言，隱含在錢鍾書小說背後的這份「存在漂泊」，是因為時代背景使然，此外，也由於作者存在悲感的心理投射[12]，導致這份意念在其作品中產生了更深沉的指涉能量。因此，如果說〈紀念〉中的曼倩，或〈貓〉裏的愛默與建侯呈現了存在中情感／心靈漂泊的騷動與陷落，則具有作者心影的方鴻漸，在《圍城》裏歷經情感／心靈漂泊與空間漂泊雙重移徙的存在處境，無疑是更顯現了人之存在的浮動性和虛無幻思。方鴻漸在此彷如「域外人」（outsider），他的被拋擲

---

[12] 錢氏在《談藝錄》的序文中簡述他身困上海淪陷區的處境與心情時說：「余生丁劫亂，賦命不展。國破堪依，家亡靡託。迷方著處，賃屋以居。先人敝廬，故家喬木，皆如意園神樓，望而莫接。少陵所謂：『我生無根蒂，配爾亦茫茫』」（1984：2）這段陳述道出了他那時漂泊不定的存在情景。而這份存在感受，無疑也構成了他小說中的一個主題思想。

和流離的處境，皆源自於一份身不由己的生活狀況；至於人生中一切的尋找與追索，實際上正也反映出了他的存在茫然。倘若從方鴻漸的漂泊歷程窺探，不難見出錢鍾書在其小說中所欲揭示的人生意義和存在課題了。

在《圍城》的第一章裡，錢鍾書即由方鴻漸的求學態度等，側面地勾勒出其之無目標性的人生指向：留學四年，並不刻苦讀書，而「興趣頗廣，心得全無，生活尤其懶散。」（1995b：9）是方鴻漸對人生態度的真實寫照；至於剛下船不久，他即刻感到：

> 上岸時的興奮都蒸發了，覺得懦弱、渺小，職業不容易找，戀愛不容易成就。理想中的求學回國，好像地面的水，化氣升上天空，又變雨回到地面，一世的人都望著、說著。現在萬里回鄉，祖國的人海裏，泡沫也沒起一個………」（1995b：31）

這份渺弱與虛無的心理感受，正揭示著方鴻漸對自我存在的懷疑與失落，也預定了他在往後的命運趨向。就潛意識而言，他的心理感受（psyche feel）將構成一份自我（ego），而自我與意識的心理則會潛化成統一體（ideal unity）並指向一個外在的世界，當這個世界呈現空乏之相時，自我將感到不安與焦慮，

以致企圖尋求生命的某種意義。

　　因此，陳平原曾指出，方鴻漸是一個尋夢的行動者（陳平原：1987：90）。然而，從方鴻漸在《圍城》中的表現來看，他的行動似乎全是被動性的。換言之，方鴻漸並沒有強烈的意志去掌握或策劃自己的人生方向。故他的每一個行動都仿如一種身不由己的被「投擲」姿態，而他只不過是隨著這種「投擲」在現世中浮沉而已。如他的求學過程：「在大學裏從社會學系轉哲學系，最後轉入中國文學系畢業。」（1995a：9）而出國留學，也如前面所指出的，隨便聽幾門功課，並懶散度日，心得全無。即使回國後在事業、愛情與婚姻上的表現，都呈現了他那不能自主的存在性向。他的性格特點並不盡然如趙辛楣所說的「全無用處」（195）；或陸太太所謂的「本領沒有，脾氣卻很大」（362）；甚至孫柔嘉所抨擊的「coward」（363），而是在於他之存在的無目的性。這種存在的無目的性無疑構成了他的浮動性向。是以，從出國到回國；從上海到三閭大學又回到上海，輻湊在時間的展現上是方鴻漸在空間漂泊的行跡。尤其在徙往三閭大學的那段旅程，是最能代表他的漂泊形態，也相當貼切地概括了他的人生處境。而在那旅途中他所見到的人與所經歷的事物，實際上宛如他在回國乘搭那艘郵船上所見所思的一樣：

這船，倚仗人的機巧，載滿人的騷擾，寄滿人的希望，
熱鬧的行著，每分鐘把沾污了人氣的一方水面，還給那
無情、無盡、無際的大海。（1995b：2）

「船」在這裡具有漂泊的象徵意義，也寓寄著沒有終止
的行動，它負載著人世的一切希望與哀傷，熱鬧與冷寂。然而
所有承載的一切，卻在時間的流逝中不斷歸向虛無。這份漂
泊，在方鴻漸顛躓的旅途中最能彰顯。因為人生的無根據性和
無目的性，往往驅使他在行動中不知所為與不知所欲為，如他
對趙辛楣所說的：「我還記得那一次褚慎明還是蘇小姐講的甚
麼『圍城』，我近來對人生萬事都有這個感想。譬如我當初很
希望到三閭大學去，所以接了聘書，近來愈想愈乏味………」
（1995a：143）是故，他的人生始終都是在流浪；並在各種
「圍城」之間衝進闖出而無所作為。因此，空間的漂泊也就成
了方鴻漸生命中不可規避的宿命。

除此之外，在空間漂泊的過程中，方鴻漸的心靈與情感走
向實際上也沒一著處，欲望的盲動與存在的幻思不斷逗引著他
往外陷落，以致形成了他心靈的漂泊。誠如第三章第一節所提
到的，方鴻漸與鮑小姐調情；與蘇小姐周旋；與唐小姐戀愛及
與孫柔嘉結婚，最後卻沒有一個達到他所預期的，甚至與孫柔
嘉的婚姻還以決裂收場。至於在事業上，他則不斷的被刁難與

辭退，這些生命中的頓挫無疑也為他的漂泊性向留下了注腳。另一方面，在中西文化交雜的邊緣處游離，更使他無法找到自己精神的文化鄉園，因此，心靈漂泊與空間漂泊遂然在此統一成了他的存在特點。這樣一種「存在漂泊」，正也構成了方鴻漸徬徨苦悶與心懷虛無的趨向，是故，所有人世的追尋，在此全化成了他在火鋪屋後所看到那個具有象徵色彩的破門一樣：

> 好像個進口，背後藏著深宮大廈，引得人進去了，原來甚麼沒有，一無可進的進口、一無可去的去處。（1995b：195）

類此的敘述無疑形成了一份諷刺模擬。尤其敘述者又在文後加上一句：「撇下一切希望罷，你們這些過來的人！」，在這裡，人生似乎成了一場無從掌握的虛夢；或是一個難以踏實的空無，這恰似沙特所說的：「既不知從何處來，也不知將會往何處去。」（沙特著／陳宣良等譯：1994：51）所有的行動與追索都不免呈現著荒謬與荒涼的處境。然而錢鍾書並未就此將方鴻漸完全釘死在那虛無的深洞之中，像卡繆筆下的薛西弗斯一樣，在認清生命本身的荒謬性後，卻能以超越去面對詛咒；以輕蔑（scorn）代替刑罰，坦然地用不斷的行動來證明自己的

存在[13]。因此，在面對空空洞洞的破門，並認知人生一切追求的無意義性後，錢鍾書仍賦予方鴻漸未盡熄滅的希望和理想，從「按捺不下的好奇心與希冀像火爐上燒滾的水，勃勃地掀動壺蓋。」（1995b：195）暗喻著方鴻漸企圖超越既有的命運，以展現出另一種孜孜屹屹的生命情調，這固然是一種存在的矛盾，唯在這矛盾之中，卻也證見了人生真實的一面。因此，雖然方鴻漸的人生仍是無目的性，仍在各種「圍城」之間漂泊，甚至重複著卡夫卡經驗世界裡的「圓周性運動」：不斷回到原來的地方，又不斷從原來的地方重新出發。但作為存在本身，錢鍾書筆下的方鴻漸，正是以不斷漂泊的生命形態來完成自己。

　　錢鍾書的《圍城》是以流浪小說（picaresque novel）[14]的形式呈現，這類小說往往是以主角的漂泊過程帶出情節，是以，

13　薛西弗斯因為受到天譴，被諸神置於山下，並必須晝夜不休地將從山上滾下來的巨石推回去，周而復始地受困於如此單調重複與徒勞無功的刑罰。這是薛西弗斯的荒謬宿命。然而，卡繆筆下的薛西弗斯，卻在認清此一荒謬性，並於每次舉起巨石的同時，而超越了那塊石頭，更超越了自己那充滿悲劇性的命運。因此，沙特認為，人生之存在唯有行動是最真實，也唯有不斷的行動才能完成自己。從這方面窺思，則錢鍾書《圍城》裏的方鴻漸，亦在不斷的漂泊中，證見了如此的人生意義。

14　picaro意即惡漢（roque），故流浪小說有時也被譯為惡漢體小說。這類小說十六世紀在西班牙發展起來，後來於十七、八世紀在英國流行。它與早期的英雄故事（romance）實為一體兩脈，唯其與英雄故事不同的是，前者是超現實的，而後者則是以寫實為主。至於小說的情節往往是由主角的流浪過程貫串而成，並常以諷刺為目的。西班牙的小說家塞萬提斯（Cervantes 1547-1616）的名著《堂．吉訶德》（Don Quixote）、法國作家拉薩日（Le

類此的書寫方式，正也貼合了錢鍾書的小說意旨。綜觀方鴻漸在《圍城》中的行動，可簡約概括為：進城→出城→進城→再出城。溫儒敏將這樣的行為稱做「尋夢」（田蕙蘭／馬光裕／陳軻玉編，1997：294），而陳平原亦將方鴻漸歸類為「尋夢人」（陳平原：1987：89）。在此，「尋夢」的符碼承載著漂泊的迷思，若從存在主義的視角加以閱讀，漂泊具有追尋與逃避的雙重意義，所謂追尋即是追索人生的幸福；而逃避則是逃離人生的荒謬，然而荒謬卻是無從逃避的，這如卡繆所指出：

> 幸福與荒謬是大地的兩個兒子，他們是不可分割的。如果說幸福必然產生於荒謬的發現，那是錯誤的，因為荒謬感亦可能產生於幸福。（卡繆著／張漢良譯：1994：142）

故只有通過人的自由賦予與自我的創造，世界的無意義和人的無根源性才能產生一個價值。因此，方鴻漸的「尋夢」或漂泊，雖然處處面臨虛無的深淵，但只要他仍然在行動，則幸福仍會在荒謬的人世裏滋生。套句錢鍾書的話：痛苦的人生，仍

Saqe 1668-1747）的《吉爾布拉斯》（Gil Blas）與英國小說家菲爾丁（Henry Fielding 1707-1754）的《湯姆瓊斯》（Tom Jones）皆屬此類小說的代表作。

還是存在著快樂的希望（1995b：20）；這和卡繆所說的：「我對人類的命運悲觀，可是我卻對人類持抱著樂觀的態度」（鄔昆如：1992：212）是一樣。錢鍾書在這裡所展現的「向著痛苦微笑」的精神，顯然是與卡繆的存在感應是頗為相同的。

所以，從方鴻漸不斷的行動中窺思，他的被動性與無目的性仍含具著選擇的能力。如沙特所說的，人的特點在於他本身具有自由選擇的能力上，問題在於人願意或不願意，與敢不敢去做出他的選擇而已。因此，即使面向虛無的處境，在自由與行動的前提下，人仍是具有超越的可能（沙特著／陳宣良等譯：1990：607670）。綜觀方鴻漸在情感、婚姻與事業上的遭遇，處處顯得窘迫困頓，精神上更是處在一種徬徨無依之路，在如此人生困境之中，唯有將幻想與希望付諸於行動，並讓行動肯定自己的存在價值。是以，方鴻漸的漂泊意義，在這行動中才得以完成。如《圍城》的結尾，敘述者在描寫方鴻漸辭掉報館的職務後，又與太太吵架決裂，在身心困乏與失落的絕境之中，想起趙辛楣所引薦前往內地的工作，而又心生一份熱望：

> 萬萬不可生病！明天要去找那位經理，說妥了再籌旅費，舊曆年可以在重慶過。心裏又生希望。像濕材強點不著火，而開始冒煙，似乎一切會有辦法。（1995b：365）

這是方鴻漸強韌的生命表現。所謂存在，無非是生活中一切行動的總和。而選擇，卻成了行動的某種推動力量，驅使著他必須往前邁步。而除了死亡，一切的行動將不會終結。所以人生注定是要漂泊，在焦慮與恐懼中，在希望與失望裏，也在歡笑與頓挫間，去證見存在的真實。這如莊子所說的：「一受其成形，不亡以待盡。與物相刃相靡，其行盡如馳，而莫之能止，不亦悲乎？終身役役而不見其功，苶然疲役而不知其所歸，可不哀邪？」（齊物論）。故做為「域外人」，人已沒有回頭的路可以走了，因此，在具性有限的狀態下，人之存在，將不斷驅動著他向不確定的狀態中作出自己的抉擇，而這份抉擇因人的有限性而成了一種冒險，所以這也造成人的存在時時被恐懼與焦慮感所包圍，惟恐懼與焦慮感卻也是個人進行自我奮鬥、自我完成的內在動力，它將使人在漂泊之中，成就了自我存在價值的定視。而方鴻漸無疑在此演繹了荒謬人物中那明知所有行動終將徒勞，卻不甘安於「虛無」命運嘲弄之下的「尋夢者」，雖然是「濕材強點不著火」，仍依然「開始冒煙」，以尋索他生命中的另一段旅程。是以，在這一層閱讀中，可以這麼說：錢鍾書所要揭示的，並不是去逃避或制衡人生的矛盾與荒謬性，而是指出，人應該具有正視，甚至面對人生這份宿命的勇氣。

最後，我們或許會問，錢鍾書小說中的漂泊意識是否足以回應現代人的精神失落與存在困境？實際上，從曼倩、愛默、

建侯與方鴻健的身上，我們可以看到他們都是在欲望的世界中掙扎。在他們的精神上空，都不具有上帝的存在，因此，他們只能落入無根源性的「存在漂泊」裡，而不論他們的漂泊是處於內在的心靈世界，或處於外在空間的行動上，但可以肯定的是，在他們的內心深處，都隱含著巨大的焦慮與恐懼，且隨著他們在人世間驅馳；此外，離開傳統文化越遠，則他們的精神世界越空乏，在無所棲止的生命裡，他們的人生宛若擱懸在空中，故唯有不斷的追索，才能暫時消解這份存在的虛無。也唯有這樣，才能證見人之於為人在這現世中的存在精神和特色。

在此，錢鍾書以其人生的體驗，化為哲學之思，並以小說之筆，划向人之存在的課題，以去破繹現代人生的迷思。而我卻從錢氏的小說裏，窺見了人之為人在這虛世上的流動性。並且認知，一切生命的顛泊與追索，無非是為了尋回失落的自己，以及自身存在的意義。是以我想，錢氏的書寫，抑或也可被視為一種追索自我存在的修行吧!?

第二節　存在的孤寂與迷惘

錢鍾書的書寫，是具有一個時代性的。因此，在戰亂之間；在中西文化的衝擊之際，他所極盡思考的是現代人如何在

這蒼茫的天地之中去安頓他們的生命。在某個程度上而言，這是作家對於人與生活的一種終極關懷。

然而，在二十世紀初中國轉向一個現代化的進程，以及五四時期一些知識先驅高舉科學口號的狂熱中，錢鍾書卻相當敏銳地警覺到，在趨向西化的現代過程，人的內在精神必然將會失落在科學技術所取得的物質文明裏。因此，在物質文明愈益膨漲之際，人的存在也勢將陷落在一個更大的困境之中。所以，在當時一些知識份子提出「中國人將往何處去」時[15]，錢鍾書卻在小說中將此一意義指涉擴展到現代人之存在的精神失落上去。在〈魔鬼夜訪錢鍾書〉的散文裏，他相當幽隱地通過魔鬼的口，對現代文明與現代人的精神危機提出了尖銳的批評：

> 你知道，我是做靈魂生意的。人類的靈魂一部份由上帝挑去，此外全歸我。誰料這幾十年來，生意清淡得只好喝陰風。一向人類靈魂有好壞之分。好的歸上帝收存，壞的由我賣買。到了十九世紀中葉，忽然來了個大變動，除了極少數外，人類幾乎全無靈魂。……到了現

---

[15] 這問題一直是近代中國的中心點。我們可以看到，從救亡到啟蒙；從「德先生」到「賽先生」；從科玄論戰，中國一些知識份子如嚴復、康有為、梁啟超到胡適、陳獨秀、李大釗，張君勱與丁文江等，無不為「中國將往何處去」這個國族興衰的課題而殫思竭慮，狂狂奔走不已。

在，即使有一兩個給上帝挑剩的靈魂，往往又臭又髒，
不是帶著實驗室裏的藥味，就是罩了一層舊書的灰塵，
再不然還有刺鼻的銅臭，我有愛潔的脾氣，不願意撿破
爛。近代當然也有壞人，但是他們壞得沒有性靈，沒有
人格，不動聲色像無機體，富有效率像機械。………我
也是近代物質和機械文明的犧牲品（1995a：12）。

我們在這裡似乎可以看到錢氏對現代文明，尤其機械文明的諧
謔、反省與沉思。如瑞士哲學家畢卡得（Max Picard）所指出
的，人在科技的世界勢將被科技化，並化為一種半人半機械的
新怪物（centaur），故他常用「不連續」（discountinuity）這
個字眼去指涉存在的「非人化」（depersonalize）與現代生活
的支離破碎感（Hermann Ziock著／孫志文編：1989：83）。
易言之，人的性靈與精神世界將在機械文明中日漸萎縮，甚至
被吞沒掉。更有一些存在主義者認為，在現代機械文明的巨大
機械裝置中，人已被異化為一個零件，像雅士培所說的：「個
人祇是齒輪上的一個齒，被釘死在齒輪上，失去了自己的自
由」（鄔昆如：1992：56）一樣，故在此，人只能順應著整個
機械裝置的操作才能生存。是以，人的存在被工具化，在這種
情況之下，無形中也造成了人的「自我疏隔」與「自我揚棄」
（aufheben），至終，將不免使人墜落在海德格所謂「存在的

遺忘」或「故鄉的喪失」之處境裏了。

　　換句話說，由於人在機械文明裏的被格式化，再加上戰亂中人與人的傾軋與互不信任，導致人情的淡漠和疏隔。這也造成了人與人之間無法溝通的破碎圖景。因應著這種現象，人所表現出來的，是盡量往自己內在的生活世界收縮，以致每個人都化為一座座無可湊畔的孤島——而人心深處的孤寂心態，也在這種孤島意識裏浮衍而生[16]。

　　錢鍾書的小說，在這層面上，有其獨特的描繪。所以解志熙曾明確的指出，錢鍾書對現代文明的危機與現代人生的困境，是具有相當深刻的體認（錢鍾書研究：1990：213）。例如在錢氏那具有寓言性的短篇小說〈上帝的夢〉裏，敘述者通過了上帝所生成的夢，象徵著虛浮的人世，也指涉著人在文明進化中的空虛、孤獨與寂寞情態。在此，我們看到了上帝在創造人之前，自己被創造的孤寂情景：

　　　　上帝被天演的力量從虛無裏直推出來，進了時空間，開
　　　　始覺得自己的存在………他張開眼，甚麼都瞧不見。身

---

[16] 在此必須指明，這裡所論述的孤寂是有別於一般先覺者／崇高者的孤獨感。所謂先覺者／崇高者的孤獨感，是源自於他們的視野與認知超越了一般人的認知世界，以致產生孤零的情態。本文所欲論及的孤寂感是屬於世俗性的，亦即普通人的孤寂。

子周圍的寂靜無邊，無底。………然而這寂靜好久沒
　　給人聲打破，結成了膠，不容許聲音在在中間流動。上
　　帝省悟到這身外的寂靜和心裏的恐怖都是在黑暗孵庇的
　　（1995a：60）。

被人格化了的上帝，受賦予人一般的存在恐懼。在虛無與無邊
的寂靜之中，上帝如人一樣，難於逃遁自「被投擲」到這世上
的宿命，在與現世照面之際，卻對在世的孤寂產生了恐怖感。
而黑暗，正是恐懼與孤寂隱匿的一種展現，故為了消解這份孤
寂的情態（把黑暗驅除），他又在夢裏創造了兩個男女做為他
在世的伴侶，此一夢裏做夢，無疑形成了一份自我的陷落：
「造了這一對男女，反把自己的寂寞增加了；襯著他們的甜
蜜，自己愈覺被排斥的孤獨。」（66）在此，上帝可以說是已
被作者隱喻為文明的創造者。唯這創造者，最後卻無法控制自
己的創造品（人），反而被他們所牽制並困圍其中，以致使他
原有的存在孤寂，在面對一個黑暗與死氣沉沉的世界而變得更
加孤寂。在此一寓言小說裏，錢鍾書在文本中所留下的空白與
罅隙處，自有其可以填補的意義[17]，然而在這裡，我們也可以

---

[17] 在讀者反應理論中，文本具有其本身的斷裂或空白處，這也造成文本「不確
　　定性」的意義指向，故其之意義必須有賴讀者以其經驗與認知來加以完成，
　　這也就形成了文本與讀者的互動關係。所以伊塞爾（Wolfgang Iser）指出：

看到錢氏在書寫過程中所形成的一種自我反射。上帝——是存在本身，也是孤寂的化身。這是人在文明與現世中難以擺脫的命運。而在工業文明、物欲膨脹與機械的運用日益廣泛的二十世紀，人的這份孤寂情態是不是也會更加深邃？這正也是構成了錢鍾書小說中的一個省思主題。

　　而這份存在感受延續到錢鍾書的其它小說裡，則意識相接、脈絡相連，並擴展為一個更具體、現實與深沉的層面。但在展開這個論題之前，抑或有人會問：錢鍾書是否對存在主義中的孤寂感受有所認知與瞭解？而他又如何將此一感受延入小說的書寫之中？就第一個問題而言，我們可以發現，其實錢氏在其《管錐篇》的第三冊中，就曾以「眾裡尋單」的概念去演釋漢、唐詩人的存在孤寂感了，如：

> 《全唐文》卷七五三杜牧〈上宰相求湖州第二啟〉：
> 「在群歡笑之中，常如登高四望，但見莽蒼大野，荒墟廢壘，悵坐寂寞，不能自解。」《全宋文》卷三八顏延之〈陶徵士誄〉：「在眾不失其寡」；卷四六鮑照〈野鵝腹〉：「雖居物以成偶，終在我而非群」……聚處乃

「不確定性與界定意向的缺乏正是促成了文本與讀者交互作用的最主要原因了。」（Elizabert Freund 著／陳燕谷譯：1994：143）

若索居，同行益成孤往，各如隻身在莽蒼大野中，乃近世西方著作長言永嘆之境。（1990：1064）

在此，錢鍾書引用了海德格在《存在與時間》（Sein Ud Zeit）的「存在本身與他人共在之間的矛盾」概念，而轉化為「孑立即有缺陷之群居，群居始覺孑立」以疏證人之在世的孤寂情態。就海德格而言，他認為人在現世中的存在是一種陷落（verfallen），此一陷落在於人是不能永遠單獨存在，故他必須「去自我」，以與他人共在。只是另一方面，在與他人共在的同時，他又要尋視自我的主體性，這份存在的矛盾，到了最後不得不被內化為生命的一份孤寂（馬丁‧海德格著／王慶節、陳嘉映譯：1994：161-174）。因此，即使是處身在熙攘的群眾之中，感受著眾聲喧嘩的情景，人的內心仍還是會存在著一種難於言說的孤寂感的。這也就是錢鍾書所謂「眾裏身單」的存在姿態。而這份存在姿態所展現的孤獨、寂寞、隔閡與異化性，在高度的物質與機械文明中，無疑是更顯得突出與更具形象化了。

錢鍾書對孤寂的這份存在指涉，透顯了人的一種蒼涼情境。而事實上，這種存在狀態，在古今中外的文學作品中，是一個相當重要的母題，它往往表現在遊子思鄉、閨婦失偶、孤舟漂泊，或壯志難酬的意向上。如唐代陳子昂的〈登幽州台

歌〉寫出了人那份於生俱來的孤寂感；或如宋代蘇軾〈赤壁賦〉中因慨嘆群雄遠逝而頓生「寄蜉蝣于天地，渺滄海之一粟，哀吾生之須臾，羨長江之無窮」的人之孤獨情態等等。這份表現，正也顯示出古代一些詩人作家通過了自己的人生際遇與感受，挖掘了自我存在的感覺層面，並在巨大的生命頓挫與孤寂暗影面前，體悟了人世無常，孤海行舟的人生意涵來。而實際上，如果往更深一層探勘，或將視角轉向存在的思考命題，則不難發現，孤寂——是人類集體潛意識裏難以磨滅的一部份，也是「存在」的一種印紀。在現代文學的著作中，孤寂也漸漸被深刻化和具體化，並提高到哲學的層次上去了[18]。在錢鍾書的小說裡，他的這份創作意涵趨向，亦隱匿在文字的背後，並漂浮為人之存在的一種失落訊息。

　　錢鍾書的短篇小說，除了上面所分析的〈上帝的夢〉外，我們可以發現，〈紀念〉與〈貓〉裏的要角，如曼倩、愛默、建侯等，其實都是孤寂的化身。他們的生活帶著苦悶與精神空疏的現象，在面向自我存在與面對外在世界的同時，他們內心

---

[18] 卡繆的小說，如《異鄉人》、《瘟疫》與《墮落》、喬埃斯（Joyce）的《尤里西斯》、馬奎斯（Gabriel Garcia Marquez）的《百年孤寂》以及卡夫卡的《城堡》與《蛻變》等，都展現了存在者那與生俱來的孤寂感，而拓深了文學作品的思想深度。尤其卡夫卡的《蛻變》，更是把人的孤寂情態演化到由「人」變「蟲」的極致情境，不但把存在者的孤立，怪誕詭秘化，而且也將人的孤絕處境更加地具體化了。

深處都隱藏著一片他人無法進入的荒野。就舉愛默來說，她喜歡請客、喜歡搞茶會、喜歡熱鬧，喜歡被她的那些朋友們捧在心上哄著，但在虛榮心包圍下的靈魂，卻仍是呈現著「眾裏身單」的孤影。換句話說，由於愛默潛在心理的空虛與孤寂感，才驅使她不斷地走入人群之中，以引起大眾的注目。而她的這份孤寂心理，是在知道丈夫有了外遇，以及頤谷被她打跑後，才原原本本地呈露了出來：「她忽然覺得老了，彷彿身體要塌下來似的衰老，風頭、地位和排場像一副副重擔，自己疲乏得再挑不起。」（1995a：127）原本隱匿於「風頭」、「地位」與「排場」背後的孤寂，在受到情感的背叛後，而化為「衰老」與「疲乏」的生理現象剗顯，由此展示了其之存在本真。這種情態說明了愛默外表風光與堅強下，卻隱藏了一份不為人知的孤獨和寂寞陰影。如前一節所指出，這份潛在的孤寂正是構成了愛默內心焦慮與不安的元素，它實實在在地反映了人的空虛與孤立的存在命運。

　　這種潛在的孤寂心理，在曼倩的生活中，也如影隨形地附貼著她空疏的靈魂而不斷膨脹。如她隨才叔遷居山城後的日子，是充滿著「無聊和一種無人分攤的岑寂」（157）、「因為節省，不大交際，所以過往的人愈變愈小」（158），以及「還不如生個孩子，減少些生命的空虛，索性甘心做母親」（162）的心理路程，無疑透露了她內在孤寂的困局。而曼倩

這份空虛的心理與人際萎縮所造成的孤寂情境，也是引發她後來婚外情的主因。這種因孤寂而延伸到男女關係的範疇，到最後，往往都會淪落為肉體的發洩，以至在沒有太多感情或機械化的性交後，我們所看到的是，曼倩與天建因缺乏「存在之共享」，而不得不回到情感互不掛搭的陌路上去。在此，曼倩的心理孤寂並未曾因有過婚外情而稍減，反而愈發空疏：

> 天氣依然引人地好。曼倩的心像新給蟲蛀空的，不復萌芽生意。（179）

由此我們可以閱讀到曼倩的靈魂在孤寂中掙扎的痕跡。她在現代情感的疏隔間，終究還是要失落在孤獨無靠與空無所有的存在中。至於她因婚外情所懷下的孩子，在這裡其實是可以被解讀為孤寂的「產品」，或更進一步的說，這「產品」，就是曼倩孤寂的化身，它將化為她存在中一份難以逃遁與磨滅的印記。

明顯的，不管是愛默潛在的孤寂心理，或曼倩子零的孤寂情態，在空虛的生活之中，她們的存在無疑都揭示了一份精神失落的生命困境。這是當時中國人在中西文化碰撞之際所產生的一種存在迷惘，也是錢鍾書在審視人之存在的一種省思。即使在情感的描繪上，錢鍾書的筆尖，仍不忘探向存在孤

寂的幽冷地帶，挖掘人在虛偽與自欺中的孤絕處境。因此，在這方面，我們可以看到錢氏在小說中所描述的夫妻關係，如愛默與建侯、曼倩與才叔，及至《圍城》裏的方鴻漸與孫柔嘉，都呈現著互相孤立的現象。而墨西哥作家帕思（Octavio Paz）就曾指出，有許多人往往為了逃避「存在的孤寂」，故會以談戀愛，甚至結婚做為精神掛繫的結點，並企圖以此抗拒個人孤寂的侵襲；只是事實上，因為每個人都存有著自己的屬性，都不希望成為他者的一部份，何況每個人心理深層的需求都有所不同，故若想以婚姻克服「存在的孤寂」，最後終將不免失望（蔡源煌：1992：108）。是以，在錢鍾書的小說裏，我們似乎看不到夫妻間的精神融合，有的只是互相背叛與疏離（如愛默與建侯夫婦）；也有的是感情出軌和淡漠相對（如曼倩與才叔夫婦）；更有的是不斷爭執與離齬（如方鴻漸與孫柔嘉夫婦），他們的思維與情念根本無法進入彼此的生命存在狀態中，是以他們的結合，不但無法消解彼此的空虛情態，反而更增加了各自存在的孤寂感。套句話說：「婚前是一個人寂寞，婚後卻是兩個人寂寞。」這種存在狀態在機械文明的社會中尤其顯著。像有一次孫柔嘉與方鴻漸鬧彆扭時，方氏氣鼓鼓地說：「我又不是你肚子裏的蚵蟲，知道你存甚麼心思！」（1995a：301）由此可見，人與人之不同屬性所形成的理解隔閡，沉潛著人之存在孤寂的一面，以致形成了每個人都有如孤

魂野鬼一般，只在自己的幽明世界裡遊行。所以卡繆曾經慨然的指出：「人一生下來，就已沒有可以回歸的故鄉，也已沒有可以寄望的土地，因而不能不成為『絕對孤獨』的異鄉人了」（卡繆著／張漢良譯，1994：20），換句話說，人的孤寂是存在中不可或免的，更何況新科技抬頭，而做為精神呵護的傳統文化卻又逐漸流失（在西方是上帝已死）的當兒，人的生命精神在無據中則無疑更加孤立，更加寂寥。即使在尋求情感的濡沫上，卻也不見得人與人的精神就能相互掛搭與通融。像錢鍾書在《圍城》裏的深閎譬況：

> 黑夜裏兩條船相迎擦過，一個在這條船上，瞥見對面船艙的燈光裏正是自己夢寐不忘的臉，沒來得及叫喚，彼此早距離遠了。這一剎那的接近，反見得睽隔的渺茫。（1995a：145）

在此固然是描述男女乖違之象，然而從另一層面解讀，兩條船實際上是表徵著個體精神的不能融合。自我的存在，與「非自我」的關係，是懸隔的，彼此實際上是無法互相掌握，如沙特在分析愛情的現象時所指出那般：「認識主體既不能限制另一個主體也不能使自己被另一個主體所限制。」（沙特／陳宣良等譯，1990：338）這遂然形成了彼此之間的孤立狀

態。至於兩者如兩船之間擦身而過的空間分離，則含蘊了自我意識與他人意識的疏隔和遺落，故「一刹那的接近」，反而更彰顯了彼此存在的孤獨與寂寞。錢鍾書在此所做的注視，雖是落在兩性戀情遇合的偶然層面，然而實質上，它也反映出了命運的難以掌握與人之相互瞭解的困難度，此一現象，既是造就人之冷漠與孤寂的其中一個因素了。

　　是以，從某一方面而言，錢鍾書的小說，體現了文化哲思的洞察，也對「人」的存在呈現了一個透徹的認知。而其書齋生涯與中西文化的修養，無疑提供了尖銳的觀點，使其在小說的創作中，能夠深入地觸動到人的性質核心，並構畫了人之存在的一個普遍圖景。雖然他常辯稱自己從書本中就能省識人生與社會的種種面向[19]，但相信，惟有在具體人生體驗與普泛的存在思考之下，錢鍾書才能以「類性相通」的智性之眼，勾勒出人之存在的內在性質和外在現象來。故解志熙在分析錢鍾書的作品時，就曾明確地指出，錢鍾書在歐洲留學時已然廣泛地接觸現代西方哲學與心理學，並以此貼近觀察與歷驗了現代文明的弊端與現代人生的困境（錢鍾書研究·，1990：213）。所以當

---

[19] 參閱吳忠匡所寫的〈記錢鍾書先生〉一文：「他常辯說自己最通曉世上的人情和世故，說自己從書本中早已經省識人生與社會上的形形色色。」，此文收入由范旭侖／牟曉朋編的《記錢鍾書先生》一書中。大連出版社出版：1995年，頁132。

他回國，目睹西方文化所帶來的物質與機械文明的侵蝕，以及一些人在遺棄傳統文化而陷入精神失落和存在危機的狀況中時，無疑是更加拓深了他對現代文明與現代人生的審思與批判。

如瞿秋白所說的：「二十世紀以來，物質文明已經發展到了百病叢生的地步了」[20]，而隨著鴉片戰爭，中國人走上了「向西方尋求真理」之路後，中國社會也隨即迅速發展起來；這期間，物質文化的發展，科學機械的擴張，無疑逐漸消解了傳統文化的深沉張力，使原本做為凝聚群體的文化內質逐漸分崩離析；除此之外，農業時代的大家庭制度，也隨著現代工業需求的膨脹而逐一分化；因此，在機械能量取代一切勞力之下，家庭的組織也由大變小，以致人與人之間的情感趨向冷落；個人的存在價值也隨之逐漸消化。而這種處在轉型中的社會狀態，不但逼顯出了現代人的存在孤寂，而且也產生了現代人的存在迷惘。對於這樣的一個存在現象，如前面所提及的，錢鍾書顯然具有深刻的體悟，因此在他的筆鋒之下，常不自覺地流露了出來。最明顯的，是他通過了《圍城》裏的方鴻漸，幽隱地揭示了他在這方面的存在思索與體驗，從而嘗試就此一人生的孤寂與迷惘中去證見存在的終極意義來。

---

[20] 見瞿秋白發表於《新青年》季刊第一期的〈東方文化與世界革命〉一文中。1923年6月，頁25。

從《圍城》裡，我們可以看出，方鴻漸是個想當典型的「域外人」（outsider），他唸過中文系，卻不屬於傳統文化的人物，又曾旅學歐洲，可是也不屬於西方文化的產品，誠如第二章第三節所指出的，他是遊走在中西文化罅隙間的知識份子，或在中西文化錯位中找不到自己位置的人。類似這樣的人物，實際上是很難尋求到自我精神的歸位，以致在其思想與情感上常常陷入了某種孤寂、迷惘和失落的處境。對於這樣的存在狀況，可以以保羅‧田立克（Paul Tillich）對空虛和意義喪失的解說做為闡釋，依照保羅‧田立克所說的，當一個人找不到自己的文化根源，或無法滿足於當前文化所提供的精神養分時，則他會焦灼地抽身而出，轉而尋求一種終極意義，唯他也將在此一同時面對到精神中心的失落，而產生更深的空虛與焦慮感，以至最後驅使他不得不走向無意義的深淵（Paul Tillich著／陳顯聰，王作虹譯：1990：37）。由此窺視，我們可以看到，打從方鴻漸留洋歸國後，他雖然多次走入社會之中，並不時周旋於一些傳統或西化的朋友／同事之際，唯因他心中存有一份自我的堅持，並不輕易隨俗，完全承續家學與傳統的遺緒；也不隨波逐流，落入洋派與西化的風潮之中，因此這導致他一次又一次的被受到排擠與疏隔，而踽踽獨行於孤寂之路，感受著天地無親的精神失落。所以在這種虛浮的現世裡，套著解志熙的話說，「他只有被迫得不斷與社會關係、及現實人生

疏離、脫節，而至終變成了孤獨無靠和空無所有的存在」（錢鍾書研究，1992：128）。是以，像方鴻漸這樣的一個「域外人」，處在漂泊之中，他的孤寂感也隨著他那不穩定性的人生路向漸次深化。如他在追求唐曉芙失敗後，被遺棄的感受讓他的靈魂往內收縮時呈現了孤獨的暗影：

> 他個人的天地忽然從世人公共生活的天地裏分出來，宛如與活人幽明隔絕的孤鬼，瞧著陽世的樂事，自己插不進，瞧著陽世的太陽，自己曬不到。（1995a：114）

這種昏天暗地的世界，呈現著生活感受的隔離與孤寂，反射了方鴻漸內在精神的失落與無依。對於一般具有宗教信仰者而言，他們可以通過靈修去消解這份生命的孤寂感；或走向上帝，尋求心靈的慰藉。唯處在中西文化錯位間的方鴻漸，卻只能在情感的挫折中形成了「被拋」的姿態，並在人群之外獨自承擔生命的孤哀。在此，世界彷彿與他失去聯繫，並不再具有任何共存的現實意義了。這種失落的孤寂情態，在往後他與人、物、景不斷分離的狀態裏被凸顯得愈來愈深刻。如他被三閭大學辭退後的心情與處境，最能呈現出他這方面的存在情境：

離開一個地方就等於死一次，自知免不了一死，總希望人家表示願意自己活下去。去後的毀譽，正跟死後的榮哀一樣關心而無法知道，深怕一走或一死，像洋蠟燭一滅，留下的只是臭味……這些學生來了又去，暫時的熱鬧更增加他的孤寂，輾轉半夜睡不著。（1995a：291）

這種所謂「離開一個地方就等於死一次」，即把個人的孤寂浮懸為存在的失落，而時間與空間的轉移，則剡顯出了方鴻漸做為「此在」的孤立面，如「深宵曠野的獨行者」（148），每次的遷徙，或每次與熟稔的人疏遠與分離，都使他的精神不斷萎縮，也使其存在的情境顯得更加遺落孑零。「像洋蠟燭一滅，留下的只是臭味」，這種自我異化性演變到了最後，成了存在意義的自我取消，而一步一步走向了一無所有的處境，甚至走入了虛無之中：

他想現在想到重逢唐曉芙的可能性，木然無動於中，真見了面，準也如此。緣故是一年前愛她的自己死了，愛她、怕蘇文紈、給鮑小姐誘惑這許多自己，一個個全死了。有幾個死掉的自己埋在記憶裏，立碑誌墓，偶一憑弔，像對唐曉芙的一番情感。有幾個自己，彷彿是路斃的，不去收拾，讓它們爛掉化掉，給鳥獸吃掉。

（1995a：349）

這份自我否定的虛無化，形成了一種自我隱退與自我掩蓋的存在情態，一個個自己都已隨著時間之流傷逝而去，而立於當下所呈現的卻是孤絕的荒涼。這樣的心境，與魯迅在〈傷逝〉中所描寫的傷逝者（涓生）之孤寂情懷有點類似：「依然是這樣的破屋，這樣的板床，這樣半枯的槐樹和紫藤。但那時使我希望，歡笑，愛，生活的，卻全都逝去了，只有一個虛空，我用真實去換來了虛空的存在。」（魯迅，1998：282）這種「虛空的存在」，已內化為孤獨與寂寞的意識，而將個人推向自我狹隘的空間裏，感受著冷落淒涼的處境。然而，錢鍾書筆下的方鴻漸，卻比魯迅的傷逝者更加孤絕，他不但否決了一些生命中的過往，而且在時間中不斷將自我撕裂與疏離，使自己不再認識自己的人生屬性。這種失去或錯置存在的現象，呈露了一份「世界不可知，人不可知，甚至連自己也不可知」的自我異化性。它不斷地向外延伸，並暴露出了方鴻漸內心最深沉的失落意向，是以在每一次的困挫中，其內在的虛無感也隨之漸次深化。在此，若依據存在主義者的言說，人的存在本身是以虛無為條件，並以虛無化為目標[21]的話，則在某一層意義而言，

---

[21] 沙特把存在以「自在」與「自為」二柄來加以把握。即強調存在的「自在

方鴻漸人生的每一段過程，都意味著在進行一場場虛無化的活動，以致他在漂泊路上的背影，不斷變換著孤寂的姿態，一次又一次地投向那不確定性的前方。尤其到了最後，他與孫柔嘉迸離時所呈現的心靈落寞與枯竭，更進一步地映照了他存在的虛無狀態來：

> 不知不覺中黑地昏天合攏、裹緊，像滅盡燈火的夜，他
> 睡著了。最初睡得脆薄，饑餓像鑢子要鑢破他的昏迷，
> 他潛意識擋住它。漸漸這鑢子鬆了、頓了，他的睡也堅
> 實得鑢不破了，沒有夢，有感覺，人生最原始的睡，同
> 時也是死的樣品。（365）

敘述者通過睡的意識，徵示著方鴻漸的意志在人生的頓挫與逆境中漸漸走到棄守，甚至失落的困局。「滅盡燈火的夜」不再有夢，連睡也像「死的樣品」，這種孤獨、絕望，以及荒謬感被推到極致，人也被虛無化了。因此，做為不滿現實又無力去面對現實，或帶著理想卻又怯於行動的人，方鴻漸至終只能把

性」為當下即是的現象身，指出它是無根據性與無根源性的孤立體。它所呈現的是自足的安定之相，不具有任何意識的，故無煩惱相。此為沙特存在論的第一個命題。然而，在第一個命題下的「存在」，必須走向意識，讓意識去揭顯存在的意義，這是一種「自為」的存在，也就是走向人的存在。唯「自為」的性質是虛無的，故人的存在，也意味著是虛無的存在。

自己的人生圍困起來，成一座孤寂而虛無的城堡，一無進口，一無去處；人生的意義與目的也在此完全失落了。

　　在二十世紀中，當傳統的信念、道德、與信仰被文明機械與戰爭摧殘得七零八落之後，現代人在此刻卻痛苦地發現，自己是活在一個非理性與不可理喻的世界之上，過著一種沒有意義、沒有目的、沒有價值和沒有前途的荒誕人生（解志熙，1992：127）。人的精神世界在此面臨了全面的崩潰，因此，站在文明與戰爭所存留的廢墟上，一些零餘者「無不艱辛與孤獨地尋找自己的精神家園，希冀著精神避風港的重建。然而他們卻每每事與願違，最後無不感到被社會所拋棄的孤寂。」（王衛平，1995：188）所以存在主義者有感於此而回歸到古老的「生存」主題，孜孜地向孤立的自我詢問：我是誰？我從哪裡來？將往何處去？一連串的問題碰激出了人的「存在」哲思，以尋索和把握人與世界的聯繫。錢鍾書既是站在這基礎上，以小說探視人的存在孤寂，以敏銳的生命觸鬚，去觀照人在晦暗的存在狀況下之掙扎影像，將他們隱匿的內在意向、不遂意的心境與具體的行為方式揭顯出來。雖然這樣的書寫表現了悲觀多於樂觀、內省多於外現的特點，但這樣的銘寫，實際上更具有一種喻意深刻的揭示功能，在特定的社會歷史中，也比較能夠深入和真切地反映出人之存在的圖譜。

因此，在錢鍾書筆鋒下遊走的人物，不論是曼倩、愛默、建侯、褚慎明、或蘇文紈與方鴻漸等，他們這些人大部份都處在渾渾噩噩的存在狀態裏；尤其是失去了傳統價值觀後，又置身在雜質性的西方文化衝擊中，自我的喪失與精神的異化，將他們推向了冷漠、孤寂、悲觀、迷惘和絕望的邊緣。如存在主義者所認為的，在失去傳統根源的文明社會中，「人常常會感到自己是被分裂化的，他不斷從自己身上離異出來………分裂化的人找不到自我，恰如他也找不到他人一樣」（王秋榮／陳伯通編，1988：381）。這種分裂化，是從形體到心理，外在到內在，一層一層的，剝開了人的存在困境與孤寂情態來。故錢鍾書的小說，在某個意義上而言，無疑是揭示了四十年代的人，對整個生命狀態的省視與內心情感的體驗，而這樣的一種書寫，無疑為五四的新文學，挖掘出了另一種孤寂的文本來。

第三節　人生的意義與歸向

通過前面兩節所做的梳理和闡述，我們大致上可以看出錢鍾書在小說中對人之存在所尋繹與思考的一個面向，它在這裡構成了一個「荒誕悲劇」的美學；換句話說，錢鍾書是透過了小說的暴露功能，去呈現了文化與生命疏離的困境，展示人自身的弱點，進而揭開人性的醜相，精神失落的危機、內化的

漂泊感與孤寂的存在姿態。這樣的一種書寫，是割裂了「理性」的世界而走向「非理性」的天地；亦即從對人生的肯定轉向人生的否定路向去。所以解志熙在論定《圍城》時才會指出：「我們看到的是個無可肯定的世界，一無可取的人物，過著一種毫無意義的生活。」（《錢鍾書研究》‥1990：224）但如果我們往更深一層探視，不難發現，錢鍾書正是以這樣的一種書寫策略，如通過對人生困阨、精神的異化與現象的扭曲等等，以促使人們去正視現實，認真思索，並進行自我與社會的再剖析。因此，從他的小說中，不論是〈貓〉、〈紀念〉、〈上帝的夢〉甚至《圍城》，我們所看到的結局都是一種焦慮、迷惘、荒誕，以及自我否定之失落情態所鋪成的內圍圖景。這樣的演繹亦構設了文本中灰暗與荒涼的人生畫面。然而，在這灰暗與荒涼的人生背後，卻透露了錢氏於「存在」主題下，所逼顯出人生意義是甚麼的探尋意識來。

對於人生意義這命題，是歷來中西哲人所積極追索和探思的一個課程。人生於世，其之價值歸向與定位在哪裡？這是眾說紛紜，難以劃一的問題。然而就儒家文化系統來看，它是比較趨向於公孫豹所謂「立功、立言、立德」那三不朽的信仰。換言之，通過事功、思想與道德的成就，則就能達到人生至善的境界，或成就人的永生保證。但如果三者不可兼得時，

則儒者們較會選擇以「立德」做為人生價值證成的標向，因此
「行之乎仁義之塗」遂成了一種自我要求與自我肯定的立身之
道。至於西方人在基督宗教的脈絡裏，卻是將人的價值歸依於
上帝，唯有走向上帝之路，人才能與真善美和諧結合，靈魂也
不會為任何恐懼、迷信或其它情感所苦惱，這種生命的恬靜和
愉悅，就是幸福的存在意義。可是當尼采以其強人的姿態在
十九世紀中出現，並以極端的方式倡導「權力意志」（Wille
zur Macht）及宣示「上帝已死」[22]，以推翻傳統一切的價值觀
念後，此時，人的一切存在價值，就必須要由人本身以不斷的
奮鬥與行動來證成。故人生的意義在此，就是通過自我不斷的
追尋與不斷的行動，以實現或完成自己。而尼采在這方面的信
念，無疑影響了海德格與沙特等無神論的存在主義者，如海德
格在論及「存在」的特性時，總會以「此在」（Dasein）的
「向來屬我性」（Jemeinigkeit）加以言說，即表示每個人在當

---

[22] 在尼采的哲學中，他預設了三點對立面；其一即是生命與倫理的對立。在他
認為，生命的本質就是權力，因此唯有具備澎湃生命力的強者才有資格生
存，倫理只是為一般的弱者而設的；其二是人與世界的對立：即阻礙人的發
展除了傳統的倫理思想外，就是外在的世界，因此人必須與之抗爭，以期生
命能夠自由自在，超脫於世界的束縛；其三則是強者與弱者的對立：在這前
題下，弱者以倫理供給自己安身之道，因此要改革，就必須摧毀倫理，打倒
弱者。故站在這對立面的強者一邊，尼采提出了「權力意志」的概念，以強
韌的生命力，走向了「超人」（Ubermensch）之途。唯有這樣，人才能實現
自己。而為了打破僵化的傳統倫理，讓人走一條自己的路，或決定自己的前
途，尼采也在此同時宣示了「上帝已死」的事實。

下的存在都是獨一無二的，無人可以取代，也沒有他者可以置換，故自我必須通過行動與抉擇來決定自己。所以沙特指出：「存在主義的宗旨就是要使每個人自己來掌握自己，同時要把每個人存在的全部責任直接地放到自己的雙肩上來承擔。」（高宣揚，1993：73）換句話說，這是叫上帝隱退，讓人自己走出來，尋獲自己，創造自己。同時也強調人的個別性與自我屬性的存在方式，讓自己去把握自己的生活，也讓自己做自己的主人。這是存在主義最基本的人生觀念。

　　同樣的，五四以後的中國，在陳獨秀、胡適、魯迅與錢玄同等發出了對傳統激烈的批判與否定，倡議將儒家的書籍丟進茅坑裏後，長久以來被供在中國人精神廟堂上的生命理想也跟著失落了；此外，在西潮的衝擊與戰爭的脅迫下，亦造成了一種存在的「意義危機」（the crisis of meaning），這種內外交迫所形成的窘境，正是構成了中國人的痛苦之源。這誠如張灝所指出的，當新的世界觀與新的價值系統湧入中國，並打破了一向藉以安身立命的傳統世界觀與人生觀時，這將造成中國人陷入精神迷失、道德迷失，進而是存在迷失的處境之中（張灝，1989：85）。是以，在這種種迷失的衝激之下，人之存在的徬徨與迷惘是可想而知了。

　　而錢鍾書正是處在五四後那徬徨與迷失的時局之際，眼見著五四前驅企圖在傳統文化的灰燼中去重建新文化，所得的

結果卻是文化失調的現象，如前面第二章所指出的，在這文化失調的現象中，也因而產生了不少文化錯位的知識份子，他們在中西文化的場域中都找不到自己安身立命的位置，再加上戰爭的來臨，更是使到他們的生活陷入窘迫與困頓的處境，這無形中構成了內在與外在，精神／欲意與物質／生活的的圍城困境。這反映在方鴻漸的身上，就是最好的例子。

在《圍城》裏的方鴻漸，是被困在一個又一個的圍城中，毋論是有形或無形的，實際上都表徵著一種存在的困局。而這個困局的內涵，後來雖被楊絳在為電視劇所寫的一段話給說白了：

> 圍在城裏的人想逃出來，城外的人想衝進去，對婚姻也罷，職業也罷，人生的願望大都如此。[23]

但楊絳似乎只把「圍城」的涵意侷限在形而下的婚姻、職業方面，卻未觸及或提升到因文化與戰亂所造成的精神迷失與存在迷失的困境層面[24]。如方鴻漸、褚慎明、曹元朗、趙辛楣和蘇

---

[23] 轉引自孫雄飛〈「圍城」電視劇改編者的感悟〉一文，見陸文虎編《錢鍾書研究采輯》，頁210。北京：三聯書店出版，1992。

[24] 楊絳這段解說是為黃蜀芹所導演的《圍城》電視連續劇做開場旁白，因此在這樣的處境下，她對《圍城》的內蘊無法做更深一層的闡釋是可以理解的。

文紈等,他們在傳統文化的斷層面上,實際上都是處在一種迷失的狀態之中,所以我們看到的是褚慎明如何混跡於外國哲學家的回信中以撈取虛名;曹元朗如何寫那中西雜交〈拼盤姘伴〉的歪詩去博討蘇文紈的歡心;而蘇文紈最後卻棄學從商,當投機客與走私者發國難財去,這種種現象,不能只簡約為人性的問題而已,其背後多少還是與人生意義的迷失有關。即使是方鴻漸,在現代社會殘酷的生存競爭與精神迷失當中,也是一步一步走向了存在迷失的處境。

> 活誠然不痛快,死可也不容易;黑夜似乎夠深了,光明依然看不見。(1995a:248)

這樣的一種悲劇概念,是錢鍾書賦予方鴻漸自我迷失與尋索不到人生出路的圍城狀況;在躓跌之際,命運也有了一種冷硬的角質,不斷牴觸著他的理想與生活,使他的生活和理想在流離間而不知所歸。所以在盲動的抉擇中,方鴻漸常常陷入了多重的矛盾與心理掙扎裏,對戀愛與婚姻如此,對職業也如此。而這種迷失主要是源自於傳統文化價值崩裂所形成的精神失落,進而造成存在意義危機的情景。尤其在那大時代的背景下,方鴻漸只不過像是那短衣襤褸老頭子臂彎籃裡的「泥娃娃」,不會有路人過問的(1995a:359)。因此,在尋找不到

自己位置的情況中，處於「圍城」內外東奔西突的方鴻漸，其結果卻是一無所得的存在失落；並深陷在一種「沒有夢，沒有感覺」的荒謬處境裏。

在此，錢鍾書對「圍城」這個象徵進行了改寫與置換，將有關存在的困境與失落的現象做了轉喻和擴展的複述，而不再局限於「鳥籠」或「城堡」的意象內涵，其敘述主題也超越了婚姻與職業的範疇，而提升到一個形而上的存在之義。在這裡，圍城者與被圍者，實際上都是發生在同一個人身上，如方鴻漸，他所扮演的角色是雙重的，即是圍城的人，同時卻也是被圍者。所謂「被圍者」是指周圍的人、事物及命運等，對他的阻礙與束縛；但做為「被圍者」，他既不滿現實與命運的困困，故試圖以行動去衝破人生的種種網羅，這時刻，其之角色已對調為「圍城的人」，而這兩者之間所形成的內在矛盾，正是構成了存在的一種特有現象。唯方鴻漸所付諸的行動往往都呈現著一時的狂熱，過後卻無以為繼，這無疑造成了其在行動上的脆弱性與不穩定性。像去向三閭大學途中他對趙辛楣推心置腹的話：

> 譬如我當初很希望到三閭大學去，所以接了聘書，近來愈想愈乏味，這時候自恨沒有勇氣原船退回上海。（143）

這正顯出了方鴻漸內在衝突所形成的「圍城世界」，當這種性向被外化並體現在他的行動上時，則塑造了他那「圍城者」與「被圍者」的雙重形象與角色了。同樣的，在缺乏精神根源的支援之下，方鴻漸擺盪在圍與被圍的兩端之間，常常處在一種自我迷失的存在狀態裏。誠如夏志清對方鴻漸所下的評語：「他是一個永遠在尋找精神依附的人，但每次找到新歸屬後，他總發現到這其實不過是一種舊束縛而已。」（夏志清，1978：451）所以，在這份迷失之下，如處於「廣漠澎湃的黑暗深處」，方鴻漸只能像「一點螢火似的自照著」（15）不斷以行動去搜索自己，以及探尋自我存在的意義。

此外，在存在意義的探索中，因為每個人都具有各自的主體意識與特殊的存在方式，因此，在人生的過程中，人所要把握的是「此在」的自我表現，所以海德格指出：「存在總是我的『存在』」（海德格‧王慶節／陳嘉映譯，1994：10），而沙特也說：「存在是自我所感覺到的存在」及「我們的出發點都是源自於個人的主觀性」（沙特著‧陳宣良等譯，1990：29），這表示他們都是把孤立的自我當著觀察一切的基點，並以此映照出各自不同的生命性向來把握。換言之，每個人都有自己的本質，每個人也因自己獨有的本質而在每一時每一刻展現了不同的存在姿勢。然而當大家在同一環境中因各種際遇相照面時，會不會由此而衍繹出人生的種種意義來？對於這方

面，方鴻漸是比一般人更具有警醒意識，他的存在感一直是隨著他的人生歷驗而不斷積厚。如他被辭掉三閭大學教職，在歸鄉的船旅中，因孫柔嘉所說的「緣份」一句話，而引伸出的一番議論，是相當深刻地描繪了他對人生意義的思考與尋索：

> 譬如咱們這次同船的許多人，沒有一個認識的。不知道他們的來頭，為甚麼不先不後也乘這條船，以為這次和他聚在一起是出於偶然。假使咱們熟悉了他們的情形和目的，就知道他們乘這只船並非偶然。和咱們一樣有非乘不可的理由。這好像開無線電。你把針在面上轉一圈，聽見東一個電台半句京戲，西一個電台半句報告，忽然又是半句外國歌啦，半句昆曲啦，雞零狗碎，湊在一起，莫名其妙。可是每一個破碎的片段，在它本電台廣播的節目裏，有上文下文，並非胡鬧。你只要認定一個電台聽下去，就了解它的意義。（1995a：314）

在此，旅途中的漂泊感與人的孤立性，輻湊成了一種人生支離破碎的畫面。在這眾聲喧嘩的唱曲中，它所呈現的卻是一種沒有意義和荒謬的情景，所以「東一個電台半句京戲，西一個電台半句報告，忽然又是半句外國歌啦，半句昆曲啦」的比

喻，襯托出了人之自我屬性的存在差異，這不但徵示著人與人在心靈上之難以融通的一面，另一方面卻也暗喻著空虛與意義的喪失往往是源自於本體的割裂，是以，在「我」感知的視角下，「他者」處於遇合中所呈現的零碎面，實是不足於彰顯其之存在意義本身，相反亦然。惟意義只有在個人的統一性與創造意識中衍生，是故，「只要認定一個電台聽下去，就了解它的意義」。因此，從這方面來說，存在是存在於自我世界的實踐之中，並惟有以此存在意識去探尋與體驗自己人生的道路，才能夠由此而去發現與認識自己。

故方鴻漸在此的省思，可被視為存在迷失中的一份自我認知，他偶爾會去觸動存在的問題，並企圖從中張望自己的存在位置，只是他的這份意念卻被孫柔嘉那句「好好的講咱們兩個人的事，為甚麼要扯到全船的人，整個人類？」（315）的話給完全打斷掉了。而做為一個「他者」，孫柔嘉實是無法體會到方鴻漸那份隱密的心緒，這也足以證明存在的孤立性，以及人與人之間的難以相互瞭解了。而人生的遇合，在某一層意義上，彷如流水中的浮萍，輕輕一碰，復又四散而去。至於在那碰撞的剎那，所有的認知聯繫，也只不過是彼此間所凸顯的零碎面而已，在這種情況下，心靈與心靈的無法融會自是無可避免。方鴻漸固然明瞭這份存在的事實，但在人生意義的探尋上，他仍然無法好好地去掌握自己。

敘述者不斷循著方鴻漸的迷失、追索與失落，去驗證自己生命的體悟。所以一些存在觀點的切入，並幻化為文本中人物的論說，正是構設了存在符碼的含量與特色。「船」做為漂泊、以及「無線電」與「電台」做為人生和個體的象徵代碼（symbolic code），都充分地顯現了存在的狀況與內涵，這是錢鍾書的一種智性表現。同樣的，在對方鴻漸的存在處境上，他常以側筆帶出一份時間磨蝕下的感受，以映照方鴻漸過去行動徒勞無益的人生困局來。如方鴻漸在趙辛楣家裡受到蘇文紈侮慢時的心情寫照：

> 兩年前，不，一年前跟她完全是平等的。現在呢，她高高在上，跟自己的地位簡直是雲泥之別。就像辛楣罷，承他瞧得起，把自己當朋友，可是他也一步一步高上去，自己要仰攀他，不比從前那樣分庭抗禮了。鴻漸鬱悶得心情像關在黑屋裏的野獸，把牆壁狠命的撞、抓、打，但都找不著出路。（1995a：310）

這份變化，顯示出存在位置的轉移。當所有謀畫在時間裏揭示自己，並同時也揭開了人在際遇中的變動性時，在沙特的認知裏是：「我已不再是我的那個存在了」（沙特著／陳宣良等譯，1990：700）在此，時間消蝕了方鴻漸原有的身份，也構

成他與趙、蘇二位之間的位置和關係分異。然而，在比較的心理與尊嚴的遮蔽之下，方鴻漸仍牽繫著過去的幻影，企圖捕捉被時間淹沒的自我，以致在現時中因處境的轉換而產生了一種失落感。「不比從前那樣分庭抗禮了」是一種自哀、自憐、自怨與自悲的感慨，同時卻也是一種存在自覺的呈現。這自覺源於他發現了自己位置的被否定，以致形成鬱抑、失望與苦悶的情緒。而這份失落，不單只是對當下處境的哀矜，更是為自己無法掌握未來的前途而陷入一份不安、茫然、焦慮與掙扎的生活場域，因此「找不到出路」，遂成為他當時自我顯現最真實的存在情態了。

　　所以，在這一層的閱讀中，我們可以看到錢鍾書是通過「時間」去揭顯方鴻漸的存在狀況，也通過「時間」去揭露變化中所形成的行動與夢想的離異性。在這前提之下，時間所構成的三維特性，即過去、現在和未來，必然統一成變化的流線。因為現在的逝去將變成過去，而未來的蒞臨則將生成為現在。故處在俗性的時間序列裏，時流將會把人沖刷成許多不同的存在姿勢，誠如沙特所指謂的：「沒有變化，就絕不會有時間性，因為時間不會去捕捉恆久性和同一性。」（沙特著／陳宣良等譯，1990：220）因此，通過時間之眼，我們可以看到方鴻漸不斷變化的存在身姿，一直往前躍動，以尋索在「時間」中所形成的生命意義。其間，最明顯的是從錢鍾書安排方

鴻漸乘三次船的不同際遇與情景，而見出他在夢想與現實之際的種種變化性。如在回國時，他在船上雖然感到未來的不確定性，然而卻胸懷理想，舉止也瀟灑風流，並引發蘇文紈對他的戀慕；可是到了第二次乘船，則是他在上海面對失戀後又失業的狀況下，離滬赴三閭大學的其中一段落魄旅程。這時，在上海所受到的挫折與冷落，雖然令他備受折磨，但因為途中有趙辛楣與他並肩而行，而且也有教職等待著他赴任，所以未來仍然充滿著希望。但到了第三次乘船，卻是他與孫柔嘉已結為夫妻了，並被三閭大學所辭退，且正從香港返回上海，此刻，呈現在他面前的是茫茫的前途與夢想的破滅。而蘇、趙二人在事業上的得意，更襯托出了他的失落與潦倒。因此，「時間」在此仿如一幅長卷，逶邐下去，卻展現了方鴻漸存在世界的不斷縮小。而通過了三次的乘船（漂泊／行動），即從國外回到上海後離開上海復回歸上海，一個周圓性，錢鍾書卻一層一層地剝開了方鴻漸當時的存在情態，並由此呈露了其在人生川流上，穿梭過時間三維的流線，而於不斷變換著的存在身影裏，一步步地走向了人生困境的囹圄中去。除此，通過三次的乘船，也漸漸界分出了方鴻漸與蘇、趙二人身份地位的不同。所以，「時間」在此無疑改變了一切，包括方鴻漸的情感與生活，命運與理想。

在「時間」所具有的存在指涉意涵裏，方鴻漸在他的人生

追逐中，總是充滿著對未來的擔憂。最重要的是，他並不具有唐吉訶德的那永不困頓、永不妥協的意志，因此，在「時間」的流轉中，他常常迷失在時間的歧徑裏，而無力振拔挺起，以致令他錯失了許多機緣。在這裡，方鴻漸猶如其父方遯翁所送給他的傳家寶「老式自鳴鐘」那般，永遠是「每點鐘走慢七分」，所以孫柔嘉因應著這鐘的特點而笑道：「照這樣說，恐怕它短針指的七點鐘，還是昨天甚至前天的七點鐘，要它有甚麼用？」（1995a：336）這不只暗喻著做為傳統文化象徵的「鐘」在現代時間的落伍現象，而且也揭示著時間自我混淆與迷亂的寓意。因為做為時間刻度的自鳴鐘，實際上並無法精確地反映出時間來，這無疑構成了一種荒誕的情景。而孫柔嘉說方鴻漸生氣時拉長的臉，就像自鳴鐘的模樣，更是把「鐘」的象徵引伸到人的身上來，並衍義為方鴻漸在現實生活中的自我迷離與自我落差。換言之，方鴻漸一直都是落在時間的後頭，也一直趕不上現實時間[25]的步驟，這固然與他散漫的性格有關，如他在歐洲旅學四年，原是認為博士頭銜的毫無用處，可是在收到其父與丈人的信後，才意識到博士文憑於現實中的重

---

[25] 此一「現實時間」，是指時間做為一種無終的、逝去著的、不可逆轉的現在序列。就海德格而言，它是鐘錶刻度與使用中「所視見的」世界時間，也是一種「源自沉淪著的此在時間性」（海德格／王慶節，陳嘉映譯：1990：558）

要，惟因剩下六個月時間，以及經濟的不足，使他無法自修或聘顧槍手代做論文，最後只能向美國的愛爾蘭人買假文憑應付了事。這份翻轉，顯出了方鴻漸游離與流落在現實「時間」的邊緣地帶，以致產生混淆與矛盾的心理現象，最後延宕為被現實收編的「假博士」。因此，從「時間」的視野上，我們看到方鴻漸逐漸陷落的身影，遠遠地被「時間」拋落在後頭。這也預設了他後來種種失落和苦難的處境。

而錢鍾書把「鐘」的意象拔高，並將做為時間性的「鐘」置於存在的意義中去探索人生的歸向。所以，錯置的時間在此不但演繹了傳統與現代，現實與理想的不同韻律，而且也遮蔽著存在的實體。如在《圍城》的結尾處，錢鍾書描寫方鴻漸與孫柔嘉決裂後，在晚上十一點回家睡覺時，而以「鐘」收束了方鴻漸那份不實在、落寞與虛幻的人生場景：

> 那只祖傳的老鐘從容自在地打起來，彷彿積蓄了半天的時間，等夜深人靜，搬出來一一細數：「噹、噹、噹、噹、噹、噹」響了六下。六點鐘是五個鐘頭以前，那時候鴻漸在回家的路上走，蓄心要待柔嘉好，勸他別再為昨天的事弄得夫婦不歡；那時候，柔嘉在家裏等鴻漸回來吃飯，希望他會跟姑母和好，到她廠裏做事。
>
> （1995a：365）

時間的落差或錯亂正構成了一種荒謬的圖景，美滿幸福的想像與期待，卻錯落在現實時間之後，這種錯置，引出了一份強烈的反諷意涵。因此，不論是方鴻漸想「蓄心要待柔嘉好」，或孫柔嘉「在家裏等鴻漸回來吃飯，希望他會跟姑母和好，到她廠裏做事」的和諧情境，幻化在時間之中，卻碰不上頭，反而錯失為他們夫妻間的一份憾事與悲劇。在此，時間成了方鴻漸命運的圖譜。雖然他總是趕不上現實時間，或不時錯過人生的機遇，然而他還是在時間之中，還是無法逃出時間的審判；時間成了一種冷酷的實體，嘲笑著他那蒼涼的存在。而敘述者的旁白：「這個落伍的計時機無意中包涵對人生的諷刺和感傷，深於一切語言、一切啼笑。」（同上）更為方鴻漸人生際遇的空落做了最深刻的注解。故在這裡，「鐘」（時間）的介入，無疑深化了錢鍾書在小說中所構設的存在主題。

而海德格認為，時間「給出」了某種意義，所以存在者之於有意義，是因為他在時間中做為存在而被展開（海德格／王慶節，陳嘉映譯：1990：428）。因此，通過行動，把握現在，謀畫未來，完成過去，則存在的展開即將在此呈現著意義的向度。綜觀方鴻漸，他在自我實現的過程裏，體驗了一連串的挫折與失敗，從學業、愛情、婚姻、事業等等，都在他的自我迷離中找不到一個出口，圍城只是一個虛擬之境，卻也指涉著一個存在的處境（situation），內圍於此一處境之中，方鴻

漸的悲劇性，不斷在其間上演。然而，在時間之上，通過一系列的行動，也通過體驗與認知，方鴻漸的存在價值與意義，亦將在他人生的追索中逐漸展現。

總而言之，錢鍾書並沒有為《圍城》留下光明的尾巴。決裂的夫妻、茫然的前途、困頓的生活等等，湊泊成了一幅破碎的圖景。而諷刺的基調依然貫穿存在主題的表層，並破繹了人生荒誕的存在悖論，以去證見虛無背後的另一層意義。惟錢鍾書在這種反理性書寫的煙塵下，所呈現的，依然是理性的黃土。因此，方鴻漸在精神的迷失、存在的迷失與意義的迷失中所展示的生活挫敗，固然如一片背陽的暗區，然而在這暗區裏，卻也蘊蓄著意義的生成，那就是超越，因為「生命的真實並沒有在失敗中喪失，相反的，它將使自己完整而真切地得到更多的體驗與認知。所以沒有超越就沒有悲劇。」（雅斯培著／葉頌姿譯，1970：25）故通過小說的書寫，錢鍾書正是以此一晦暗的存在狀況，演繹了人在種種困境中的意義究詰，從而在揭示本我與認清本我中，更能理解和把握住人生的價值與歸向。

小結

通過存在的視網，我們可以閱讀到錢鍾書在文本中對人之存在的一份省思，不論是對存在的漂泊、孤寂、迷惘、意義

與歸屬的追索，實際上，都是一種對自身狀況進行反思的運動[26]。因此，在錢鍾書小說的書寫上，人的具體存在現象，都被他納入為創作的基點，並以哲理的方式加以呈現。所以舒建華指出，因為錢鍾書對人性弱質的關注與體察，使他較能全面性地去透視現代文明與人性頹壞的關係，由此也促使他更深入地思考輾轉於現代文明重壓下的存在困境（舒建華，1997：34）。是以在這基礎下，錢鍾書所描繪的知識份子群，無疑觀照和言說了那時代在巨大暗影下生活的人，以及其之存在狀態的真實體驗。而他對人之存在的沉思，無疑為其小說抹上了一層誘人的釉彩，也拓深了作品的內蘊。

　　當然，也必須在此指出，錢鍾書文本中對人生的探尋，不若西方的一些存在文學，將人逼進了「非我」，甚至「非人」的怪誕絕境[27]。他仍然是從生活與情感中提煉材料，所以其作品是寫實、揭露與嘲諷的，即使是表現荒謬的情節，也是細部

---

[26] 沙特認為，從事寫作的，就是要在讀者之前展示出這個世界，並將現實世界中的種種提升到對自我存在中以進行一番省思，由此而揭露人的存在體驗、感受與矛盾的狀況，並從中尋求一份超越，要不然，文學創作便會顯得缺乏深度了（沙特／劉大悲，1996：84）。此一說法，無疑構成了存在美學的特質。

[27] 如卡夫卡在《蛻變》所描寫人割裂自己與世界的關係而變成蟲，最後以死亡做為人生的解脫；沙特《嘔吐》中所引起人的惡心與恐懼；或卡繆在《異鄉人》裏對人的自我毀滅等等，這類呈現絕對虛幻、非理性與完全否定人的文學作品，與錢鍾書那寫實的小說有實質上的不同。

性，並與現實調合為一，以構成意蘊的張力與深度。如柯靈所說的，錢鍾書的過人之處是在淵博與睿智，二者互相滲透，使他能不蹈故常及明辨深思，一旦化為文字，則警句層出[28]，故從錢氏的文本中，我們可以窺見其之智性展露的冷峻與警醒，一旦轉化為「存在」的注視，亦邃密地虛涵在文本的鏬隙間，並以一種象徵與層遞的方式演示。是以，錢鍾書文本中所承載的意義符碼，並非從敘述中直接浮現出來，而是隱入文本的話語背後，以致許多人都能讀懂這部小說，並在錢鍾書的諷刺話語中得到閱讀快感，然而卻忽略了設置於文本鏬隙間的的存在內涵。故其主題的隱晦性，也構成了其之耐讀性，這也就是為甚麼一些讀者在細讀（close reading）錢氏的小說後，在每有意會或發現時，總會對其小說產生驚喜與重新評價的因素。因此，在某方面而言，也可以解說為，為何錢鍾書的小說，在時代的遞換與時間的沖刷後，仍未被沉埋或淘洗出去，反而還得到廣泛的接受與歡迎之原因了。

---

[28] 參閱柯靈〈促膝閒話中書君〉《聯合文學》（第五卷第六期，總期54），134頁。1989年4月

第四章

結論

　　閱讀往往是一種對話與思辯的過程，在面對一個具有開放性的文本，不同的視角將會呈現出不同的詮釋面向。而作為一個讀者，穿行於文本之中，隨著閱讀進程而不斷轉換自己視點的同時，是有必要向隱藏在文本背後的作者進行一系列的對話與辯證，以拓展廣闊的閱讀視域和從中理解更新的意義。因此，這一場閱讀，不只是讀者的一種參與和闡釋活動，甚至也可視為一份對文本意義的建構和指引。雖然，在文本之外，錢鍾書幾乎不曾對其小說有過認何的闡述或解說，但在文本之中，作者所不斷釋放的意旨，已虛涵在文字的符號之間，而漂浮為意義的導示，牽動著讀者為其所設下的主題思想進行一場又一場的探索。因而，從本論文第一章到第三章的閱讀中，我們可以看到，錢鍾書是通過一群知識份子的生活形態，去解剖中國文化在斷層之際所面臨的困局，以及人性的意欲向度，與人在戰亂中的存在窘境。誠如卡西勒所說的，人是不可能過著他的生活而不表達他的生活（Ernst.Cassirer／甘陽譯，1994：

323），而錢鍾書所描摹的人，是他生活的觀察、體驗與感受的反映，也是一份對人性的探究與對人生意義的詰問，這落在他的文本中，則無疑形成了相當重要的意義符碼。因此，要如何在文本中去解說這些符碼，則是讀者的責任了。

在第一層閱讀裏，本論文是以作家與文本做為主體，並由此窺視作家在文本中所呈現的一種書寫策略。畢竟錢鍾書的小說並非一般的遊戲之作，他在《圍城》序中揭示著自己「想寫現代中國某一部份社會、某一類人物」的意圖極其強烈和明顯，而他的另外兩則短篇小說：〈貓〉與〈紀念〉，亦可納入此一意義脈絡裏來加以審視[1]。故在此，向來被視為文化象徵符號的知識份子，卻被錢鍾書轉折變衍成了一群卑俗與自私的幽靈，悠遊於上層社會的邊緣角落，由此呈現著三、四十年代從傳統人格跨向了現代人格的一種精神變異現象。尤其是對那些從西方留學歸國的新知識份子階層，錢鍾書更常以戲謔與反諷的筆調，穿透他們的行為表層，並直接剖開了他們內在的心靈世界，以展示出雜質性中西文化在他們之間所碰撞出惡性病變的「二十世紀中國文明」圖景。同樣的，對保守、病態、狹隘、不思變化，以及趕不上時代腳步的傳統文化，他也毫不留

---

[1] 錢鍾書另兩則短篇：〈上帝的夢〉和〈靈感〉，其實是屬於寓言小說，實際上是比較無法反映他在對現代知識份子群的省思，故在這方面的論述中，筆者將這兩篇摒除在這議題之外。

情的加以針砭。所以，通過此一顛覆性的書寫，構成了錢鍾書文本中對文化價值二元性的反思策略，這無疑成了他小說的最主要特色了。

此外，由於處在中西文化的交匯點上，也讓錢鍾書在文本中更容易地調節視點（focalize），這使他對中西文化所進行的雙向審視和批判角度，自是比一般四十年代時的作家顯得更加周全、圓轉與深刻。因此，錢鍾書在這方面的表現，可以說是五四新文學以來，少數具有警覺與省思意識的創作者；他以個人的才具、智性與學養，轉化成了創作的意趣，並將諷刺與批判結合，讓笑和淚在他的小說中迴響成文化苦難的變奏曲，為他所立身的那個時代，銘刻著現實歷史的文化標記。

是以，站在這個基點上，如果說魯迅的小說，是因為有感於農民與舊式知識份子的精神在受到傳統文化長久來的奴役，變得愚昧、孱弱、麻木和保守，而發出了「彷徨」與「吶喊」的聲音，以期由此來改造國民性的思想；則錢鍾書因應著時代的遞變，對五四所張揚的西化及那時期所留下的浪漫餘緒，進行了審視與批判，不也是構成了另一種「改造」的主題？故在錢鍾書的小說裏，我們不時可以窺見一些五四知識份子的身影[2]穿梭其間，並輾轉紛繁地編織成一幅文化殖民與畸形病態

---

[2] 錢鍾書文本中對五四一些知識份子內在精神弱點與外在浪漫解放作風的解

的魅景。而錢鍾書或以嘲笑、或以訕笑、或以冷笑的筆調，勾勒出了這魅景背後那一份令人深思的問題，這才是其作品的價值所在。如王德威在論述晚清譴責小說時所指出的，笑是比淚更具有道德的顛覆力（1998：37），而錢鍾書在其小說中，寓哭於笑，除了使其文本隱隱透顯著一份悲涼與辛酸的餘韻，也呈現著他做為中國現代知識份子在文化策略上所具有的深刻檢討與反省的意識。總而言之，錢鍾書在這方面的書寫，與魯迅那份「哀其不幸，怒其不爭」的批判與改造精神，是有其歷史承傳脈絡可尋的。

但錢鍾書並不想只耽溺於解剖中西文化衝擊下知識份子的精神／行為層面而已，在他的文本中，我們可以發覺，他的興趣還是在於深入人性的內宇，去挖掘出隱藏於人心深處的幽暗陰影；故在《圍城》的序中，他又繼續地表明：「寫這類人，我沒忘記他們是人類，只是人類，具有無毛兩足動物的基本根性。」這也驅使本論文進入了第二層閱讀，那就是對錢氏文本

剖，是顯而易見的。雖然有些研究者如麥炳坤曾就〈貓〉中一些人物對號入座，如指出：「小品文家袁友春可能是影射林語堂、學術機構主任趙玉山頗像趙元任、作家曹世昌酷似沈從文、陸伯麟也許是周作人的化身」（1976：211），而夏志清也指出，傅聚卿是暗指朱光潛，至於〈貓〉裏的男女主人則影射梁思成與林徽音（1977：179）等等，而《圍城》中的一些人物也有所本，然而研究小說者，如錢鍾書所說的，實是不必對這些人物「費心考訂」。惟從大體處來看，錢氏小說中的角色，究其實，都是他那個時代一些知識份子的縮影。

中的「人之根性」做定點注視，並由此以男女兩性之間的愛情、婚姻，以及人際網絡去為設置於文本中的相關意旨進行解碼與疏注。因此在這裡，我們窺見錢鍾書如何將他的筆，劃向人之意欲的蜃景，以映照出欲望在追逐與幻滅的人生過程。而此一欲望（desire），實是經驗主義（Empirismus）者所謂的需要，它是基於本能性，並將因滿足而感到快樂。唯意欲本身卻是一種「存在的欠缺」，在目的達成後又將陷入另一個欠缺之中，以致人生的追求在欲意的生滅中，永不止息。錢鍾書在這方面實是受到叔本華意欲說的影響，如他在《談藝錄》中，由評比王國維論《紅樓夢》，而博引叔本華「欲饜即償，樂即隨滅」及黑格爾的「新欲他願，續起未休」，進而衍生了「當境厭境，離境羨境」（1988：349-351）[3]的一番論說，正是敘說了他對意欲認知的潛在思想。是以，從這視點轉探向錢鍾書的小說，剛好可以印證他在這方面的創作向度。

而在五四，以及三、四十年代文學作家群中，幾乎很少人像錢鍾書一樣，把人的意欲形象化和具體化，並透過愛情與婚姻，甚至人的虛榮心與人際關係去進行思考與研究，這不但摒除了小說單純地表現人生、拯救人生、指導人生與美化人生那

---

[3] 錢鍾書從叔本華與黑格爾的欲意論，引到史震林在《華陽散稿》卷上〈記天荒〉的意望說，可以見出，他想表達的是，人性欲願在這方面是不分古今中外，都是源於「動物的本能性」，亦即「人的根性」之意。

文以載道的主題，而且也規避了文學做為浪漫流風下的產品。故他的小說是寫實的，自覺、冷凝與警拔，由此體現了一種對人性透視的深沉意蘊。而在這裡，「圍城」做為一個主體象徵，承載著小說中人之意欲在追尋與失落，又無從迴避的一份內在矛盾性向，是相當成功的。這意象配合著其他短篇小說裡的「貓」（〈貓〉）與「土牆」（〈紀念〉），則構成了錢鍾書小說創作中的一組「意欲」譜系，並展示出了他在小說世界裏對人與人性思考／銘寫的深刻度。這無形中，也造成他的小說令人讀來有意味深長之感。

　　誠如耿德華（Edward Gunn）所說的，錢鍾書的每一部小說，都是在衰敗與破壞的環境中描寫人性（張泉編譯，1993：112）。是以，文本中的時代性是不應受到忽視的。雖然在小說裏，錢鍾書並沒有從正面去描述抗戰的大時代，或如抗戰文學般書寫正面而壯烈的國族構圖，可是，從側面的書寫，反而更能把戰亂的社會環境，以及隱匿於人心深處的心理欲望與人性潛在的幽暗面全都凸顯出來，而這也正好構成了錢鍾書創作背景的隱喻符碼。如上面所提到的「圍城」，它不但表徵著亂世的景象，也暗喻著人之意欲流轉的失據困境，兩相融合，使「圍城」所隱含的人性意欲，在時代脈絡中也就顯得更加迂迴和警醒了。因此，時代的背景，無疑是支撐著錢鍾書的書寫內涵，同時也把文本推向了一個深廣的意義世界。

總而言之，在錢鍾書的小說中，一些文化人格的潰爛、人性的頹敝與欲望的盲動，組構出了那時代浮世圖繪中荒亂的魅影，也描摹了人在那時代裏所無可避免的一種失落、焦慮與荒謬的存在方式與狀態。而社會的變動，亂世的無常，更使作家在自我的存在中思索著生與死、苦與憂的生命感受。因而，在《圍城》的序中，錢鍾書特別闡明了他那時的存在情態：「憂世傷生」。這種存在自覺投射到文本上，則形成了對人之生存的思考，以及對人生意義探索的主題。這也為本論文展開了第三層的閱讀視點，即：存在與虛無的論述。

　　相對於第一層的閱讀，不難窺見，錢鍾書已從「怒」與「哀」的諷刺和同情，漸漸推移向了人之存在的哲理陶鑄；他不時以睿智之眼，透視人之存在的現實狀態。如《圍城》裏的方鴻漸、〈貓〉中的愛默與建侯，以及〈紀念〉裏的曼倩等，都呈現了他們在人世裏那一份存在的漂泊與虛無，孤寂與迷惘的悲涼。因而，在人生價值的質變和精神的失落中，這些從傳統社會轉化到現代社會；從傳統文化轉向西方文化的人，無不出現著存在意義迷失的現象。是以，在大時代的背景下，探究人，以及關心人的存在價值與意義，遂成了錢鍾書那份「憂世傷生」背後的一種存在言說，並浮衍為小說中一份形而上的哲思蘊藉了。

　　在此，我們似乎可以從錢鍾書的文本中窺見了西方存在主義與人道主義的影響，尤其對社會文化、現代文明、道德與

價值觀念的懷疑和反思，無疑體現了「人要於存在裏去認識自己」的意旨，這樣的一種思維，明顯的使錢鍾書的小說呈現了一種「內轉性」的創作意向，即從外在世界的觀照、審視與批判，轉向了人之本性和存在情態的表述，這形成了一種內省式的文學特質，也豐富了錢鍾書小說的內在意蘊。

大體而言，錢鍾書一方面如許多中國現代作家一樣，具有屬於自己的獨特經驗與語義系統，以描繪出一個動蕩時代中知識份子的存在和人生姿態，另一方面卻在自覺與不自覺之間，從書寫中透顯了自己處於戰亂時期的身世感、命運感與歸屬感。這種存在困惑、焦慮、騷亂與矛盾的人生性向，曲折地投射為文本世界中的存在敘述，使其小說在主題內容方面呈現了幽暗荒涼的情景，也舖陳了悲劇的元素。因此，就這視域而言，錢鍾書是以喜劇的方式去呈現悲劇的況味，這使到他的文本在那慣有的戲謔、揶揄與諷刺的筆調下，透顯著一份尖刻冷峻的思想層次，進而斂聚為一種理蘊化的書寫格局，為警世的中國新文學留下了一個很好的創作典範。

總而言之，綜合本論文三個閱讀層面的剖析與探討，可以窺見錢鍾書文本中所呈現的主題思想是具有其之時代性與超越性的；那就是他將五四後中國知識份子的文化命運與人之在世的存在命運做一內在連繫，由此展示了人在困惑、迷惘、掙扎與自我追尋的深邃主題。而錢鍾書也相當熟練地以一些意象去

貫串文本的意旨，同時更以豐富多彩與新奇的比喻凸顯了主題的思辨和哲學意蘊，這在某個程度上，將使其之小說更令人感到警醒。而本論文在此所進行的論述，主要是企圖闡明，錢鍾書文本中主題思想所涵泳的深刻性，才是讓其小說，尤其《圍城》，能歷經時間的檢驗而逐漸趨向經典性的階位最大原因；換言之，如果錢鍾書的小說只是以戲謔與諷刺取勝，而缺乏內蘊深度，相信他的小說文學價值，也就不會那麼顯出了。

　　雖然如此，但這並不意味著錢氏的小說在這方面沒有絲毫的缺陷，如在主題的廣度上，文本中所顯現的，還是略有不足，但這卻無損於錢鍾書小說的文學價值與特色。因而，夏志清在50年代評定錢鍾書的作品，而獨舉《圍城》為一部偉大的小說，並斷言在未來世代的中國讀者群，必會對這部具有喜劇氣氛與悲劇意識的小說加以接受（1978：440）。這句預言，後來果然應驗[4]。綜觀九十年代，《圍城》幾乎成了炙手可熱之民國時代的小說。甚至在世紀末，它更被選入了由亞洲周刊所評選「二十世紀中文小說100強」的第五名[5]；也在大陸

---

[4]　綜觀80年代中，「錢學」們對錢鍾書學術作品的推波助瀾，也順勢地把《圍城》推向浪峰上去；後來在1990年由黃蜀芹搬演為電視劇，更使得《圍城》成了洛陽紙貴，盜印不斷。但無論如何，《圍城》本身的趣味性與深刻的內在意蘊，相信才是吸引讀者的最主要原因吧！

[5]　香港《亞洲周刊》在1999年邀集了全世界十四位兩岸三地、新加坡、馬來西亞與北美的著名中文文學作家、學者與教授，以遴選出二十世紀最具有影

《中華國際報》，被讀者選為「二十世紀文學經典」中的第15名[6]。這樣的成果，顯示了《圍城》的文學地位已完全受到讀者群眾的肯定。至於，《圍城》是不是已經就此確定為一部經典小說的問題，我想，這仍然還需有待於更長的時間來加以觀察與考驗了。

　　錢鍾書是一個以學者之名著稱的作家，然而如果因此認為錢氏的小說是基因其之卓越的學者盛譽才受到讀者歡迎[7]，這無疑是抹煞了錢鍾書在小說創作上的成就。雖然小說只是錢氏學術邊緣的一個副產品，但從本論文的論述中，我們可以窺見，錢鍾書的大部份情感思想，生命氣性，乃至存在狀態，仍還是通過其小說才能貼近讀者的心；至於對人、人性與人生的洞察與燭照，也使他的小說在抗戰文學的宣傳與呼號聲中，更顯出思想的深度與智性的冷凝，進而發人省思，及引起讀者的交響共鳴。唯因錢鍾書的小說創作比較少，以致其文學地位，

響性的一百本小說，而前十名依序為：《吶喊》（魯迅）、《邊城》（沈從文）、《駱駝祥子》（老舍）、《傳奇》（張愛玲）、《圍城》（錢鍾書）、《子夜》（茅盾）、《台北人》（白先勇）、《家》（巴金）、《呼蘭河傳》（蕭紅）與《老殘遊記》（李伯元）。見《亞洲周刊》第十三卷第二十四期。

[6] 前五名為《阿Q正傳》（魯迅）、《百年孤寂》（加西亞.馬奎斯）、《尤利西斯》（喬伊斯）、《追憶似水年華》（普魯斯特）和《喧嘩與騷動》（福克納）。見北京《名作欣賞》1999年第三期。

[7] 楊義在《中國現代小說史》（下），就曾提到，錢鍾書的小說是因為其卓越學者的盛譽而變得身價百倍的（1998：502）。

無法與同時期的作家，如茅盾、巴金、沈從文與老舍，甚至張愛玲等相互頡頏，這也就讓人認為其小說是因學者之名而被稱譽的原因了。

最後，在此需指出，本論文的探討視網，主要是焦聚於錢鍾書小說的主題思想上，因此，對錢氏小說中的其他面向，如結構、表現手法，藝術特色與人物描寫等等，則就無法一一涉及了[8]；而就整體而言，錢鍾書的文本，處理了人的存在問題，也留下了思考的空白地帶，讓讀者能夠以自身的存在感受，去體驗書中深刻的意涵，並由此而審視與省思自己存在的命運。總之，通過以上第二章到第四章對錢鍾書小說裏關於人、人性、人生的閱讀策略，才能真正地掌握到了錢氏文本中的隱含意義，也才能認知其小說的真正價值和成就之處了！

---

[8] 實際上，這些屬於小說創作的形式技巧部份，已有其他研究者探討，如胡志德以五個序列演示了《圍城》的結構，由此推翻一些評論者認為錢鍾書小說結構如一盤散沙之譏（1990：184-232）；王潤華則從象徵的手法去論錢鍾書小說的表現（1978：138-153）；而周錦所著的《圍城研究》也大量的列舉《圍城》的人物塑造、諷刺、比喻，描寫技巧、方言俗語等等，對於類此小說的形式技巧研究已然無法再翻新，故本文也不想對此再添蛇足了。

參考書目

壹、基本參考書目

一、錢鍾書著作

（甲）小說

錢鍾書。《圍城》　台北：書林　1995
錢鍾書。《世界當代小說家讀本48》　台北：光復　1990
錢鍾書，胥智芬匯校。《圍城匯校本》　成都：四川文藝　1991
錢鍾書。《寫在人生邊上。人獸鬼》　台北：書林　1995

（乙）學術著作

錢鍾書。《談藝錄》　台北：書林　1988
錢鍾書。《七綴集》　台北：書林　1990

錢鍾書。《管錐篇》　台北：書林　1990
錢鍾書。《管錐篇》　台北：書林　1996

二、研究錢鍾書之專書

周錦。《「圍城」研究》　台北：成文　1980
胡志德著、張晨等譯。《錢鍾書》　北京：中國廣播電視　1990
田蕙蘭、馬光裕、陳珂玉編《錢鍾書、楊絳研究資六料集》
　　　武漢：華中1990
張泉編譯《錢鍾書和他的〈圍城〉》　北京：中國和平出版
　　　社　1991
孔慶茂。《錢鍾書傳》　上海：江蘇文藝　1992
愛默。《錢鍾書傳稿》　天津：百花文藝　1992
張文江。《營造巴比塔的智者錢鍾書傳》　上海：上海文藝　1993
陸文虎。《「圍城」內外——錢鍾書的文學世界》　北京：解
　　　放軍文藝　1993
藏克和。《錢鍾書與中國文化精神》　南昌：百花洲文藝　1993
胡范鑄。《錢鍾書學術思想研究》　上海：東華師範大學　1994
陳子謙。《錢學論》　北京：教育科學　1994
辛廣偉、李洪岩編。《撩動繆斯之魂——錢鍾書的文學世
　　　界》　河北：河北教育　1995

胡河清。《真精神與舊途徑──錢鍾書的人文思想》　河北：
　　河北教育　1995

李洪岩。《智者的心路歷程──錢鍾書的生平與學術》　河
　　北：河北教育　1995

牟曉明、范旭侖編。《記錢鍾書先生》　遼寧：大連　1995

《錢鍾書研究》　錢鍾書編委會編　北京：文化藝術　1989

《錢鍾書研究》　錢鍾書編委會編　北京：文化藝術　1990

《錢鍾書研究》　錢鍾書編委會編　北京：文化藝術　1992

陸文虎編。《錢鍾書研究采輯》　北京：三聯　1992

陸文虎編。《錢鍾書研究采輯》　北京：三聯　1995

三、期刊論文（依作者姓氏筆劃排列）

卜召林。〈《圍城》新論〉　《中國現代、當代文學研究》第
　　四期，中國人民大學書報資料中心，1992年4月。頁121-
　　123。

小溪。〈高超的諷刺藝術──讀錢鍾書的《圍城》〉　《殷都
　　學報》第3期，1992年3月。

方道文。〈《圍城》四女性〉　《河北學刊》第4期，1994年4
　　月。頁55-58。

水晶。〈待錢「拋書雜記」──兩晤錢鍾書先生〉　《明報月
　　刊》十四卷七期（1979年7月）頁35-41。

王偉。〈略論《圍城》的主題意蘊〉 《藝譚》第四期。1986
　　年4月。

王衛平。〈四十年代諷刺小說的敘述方式〉 《文學評論》第
　　5期，1989。

王衛平。〈錢鍾書對中國諷刺幽默文學的貢獻〉 《貴州大學
　　學報》第2期，1998年4月。頁29-37。

王曉琴。〈《圍城》──感傷的諷刺〉 《荊州師專學報》第
　　3期，1992年3月。

田建民。〈錢鍾書小說《人、獸、鬼》內容初探〉 《河北大
　　學學報》第2期，1994年2月。頁57-59。

白克明。〈評論錢鍾書六十年〉 《貴州大學學報》第3期，
　　1994年3月。

曲文軍。〈《圍城》創作主旨新探〉 《文史哲》第一期，
　　1992年1月。頁68-72。

何志韶。〈錢鍾書的創作生命〉 《錢鍾書：現代小說家讀本
　　四八》 台北光復書局（1988年12月）頁10-28。

何開四。〈漫談《圍城》的藝術特色〉 《夏門大學學報》
　　（哲社）1982年文學增刊，頁82-89。

吳國鳳、周少青。〈略論《圍城》的諷刺藝術〉 《福建論
　　壇》第4期，1992年4月。頁80-81。

吳福輝。〈現代病態知識社會的機智諷刺——「貓」和錢鍾書小說的獨特性〉 《十月》1981年第五期（1981年9月）頁232-237。

吳鳳祥。〈一個小資產階級知識份子的心靈寫照——論《圍城》中的方鴻漸〉 《江漢大學學報》第一期，1983年1月。

宋延平。〈《圍城》結構三談〉 《東疆學報》第三期，1988年3月。

宋延平。〈中西文化合流中的蛻變人格及其人生——重讀《圍城》及《圍城》研究札記〉 《中國現代、當代文學研究》中國人民大學書報資料中心，1991年7月。頁131-135。

李志明、周坤。〈論《圍城》對新時期知識份子題材小說的影響〉 《中國文學研究》第1期（總28），1993年1月。頁71-77。

李將峰。〈孤獨人生的幻想——論《圍城》〉 《淮北煤師院學報》第1期，1992年1月。

李莘。〈在悲喜劇的背後——論《圍城》的文化與人生底蘊〉 《廣東社會科學》1991年2月。頁92-99。

李景華。〈一部優秀的中國現代小說——評錢鍾書的《圍城》〉 《唐山師專學報》第四期，1984年4月。

李頻。〈從《圍城》的符合意義看《圍城》的主題思想術〉 《河南大學學報》第五期，1988年5月。

汪少華。〈《圍城》研究綜述〉 《江西大學研究生學刊》第
　　二期，1987年。

屈選。〈知識份子的文化心態〉 《當代文藝思潮》第六期。
　　1986年12月。頁24-32。

林瑩、鄭曉。〈《圍城》與《金鎖》裏的世界〉 《寧波大學
　　學報》第4期，1997年4月。頁19-25。

施咸榮。〈最偉大的中國現代小說──介紹國外對《圍城》的
　　評價〉 《新文學論叢》1981年第一期（1981年7月），
　　頁220-224。

柯靈。〈促膝閒話中書君〉 台北：《聯合文學》第五卷六期
　　（總號54）1989年4月，頁134-137。

胡范鑄。〈試論錢鍾書《圍城》的語言特色〉 《華東師範大
　　學學報》1982年第四期（1982年8月）頁87-92。

苗軍。〈個人生存空間與無意識文化模式──《離婚》與《圍
　　城》的合論〉 《齊齊哈爾社會科學報》第2期，1998年4
　　月。頁45-47。

夏志清。〈重會錢鍾書記實〉 《中國時報》（1979年6月16
　　日）12版。（1979年6月17日）12版。

孫郁。〈錢鍾書識論〉 《當代作家評論》第3期，1997年6
　　月。頁4-10。

秦賢次。〈才氣縱橫學貫中西的錢鍾書〉 《錢鍾書：現代小說家讀本四八》 台北光復書局（1988年12月）頁29-42。

馬力。〈《圍城》的諷刺藝術〉 《風華》第七期，1978年7月。頁63-65。

馬立秦。〈社會學上疏離之研究〉 台北：《中國論壇》208期（60至64頁）-209期（61至64頁），1989年6月。

張大年。〈方鴻漸的性格特徵新論〉 《江淮論壇》第二期，1987年2月。

張子章。〈社會、自我與人性──淺析當前大陸小說中的疏離現象〉 台北：《聯合文學》第五卷八期（總號56）1989年6月，頁137-149。

張如法。〈論《圍城》的諷刺藝術〉 《洛陽師專學報》第三期，1985年3月。

張羽。〈從《圍城》看錢鍾書〉 《同代人》第一卷第一期，1948年4月。

張明亮。〈你看一盤散沙，我看一盤珍珠──論《圍城》的結構〉 《貴州大學學報》第3期，1994年3月。頁26-34。

張清華。〈啟蒙神話的砢塌和殖民文化的反諷──《圍城》主題與文化策略新論〉 《中國現代文學研究》第2期，1995年4月。頁183-201。

張曉雲。〈觀潮者——深層心態的藝術家開掘〉　《文學欣
　　賞》1990年2月。頁50-52。

敏澤。〈現代文學史上的一部文學傑作——喜見《圍城》新
　　版〉《新文學論叢》1981年第一期（1981年7月），頁
　　129-143。

莊大軍。〈略論《圍城》幽默諷刺的表現藝術〉　《中國文學
　　研究》第四期，1991年4月。

郭志剛。〈論《圍城》〉　《文學評論叢刊》第十七輯，中國
　　社會科學出版社，1983年7月。

陳小謙。〈《圍城》主題的深層意蘊〉　《貴州大學學報》第
　　3期，1994年3月。頁43-49。

陳平原。〈論四十年代的諷刺文學及其知識份子的形象〉　《學
　　術研究》第二期，1987年，頁88-92。

婷宛。〈論《圍城》的評述性語言〉　《中國現代、當代文
　　學研究》第四期，中國人民大學書報資料中心，1992年4
　　月。頁199-203。

彭斐。〈《圍城》評介〉　《文藝先鋒》十一卷三期，1947年
　　10月。

無咎。〈讀《圍城》〉　《小說月刊》創刊號，1948年7月。

舒建華。〈論錢鍾書的文學創作〉　《文學評論》第6期，
　　1997年12月。頁32-44。

鈕先銘。〈錢鍾書其人其書〉 《中外雜誌》第2-3期，1983
年2-3月。頁02-03、80-84。

黃國彬。〈在七度空間逍遙──錢鍾書談藝〉 台北：《聯合
文學》第五卷六期（總號54）1989年4月，頁134-137。

黃維樑。〈文化的吃──錢鍾書《圍城》中的一頓飯〉 台北：
《中外文學》第19卷9期，1991年2月，頁4-9。

黃維樑。〈再談快樂的流浪漢──梁遇春談《流浪漢》與錢鍾
書《圍城》〉 《聯合報》副刊，1979年9月2日。

黃維樑。〈徐才叔夫人的婚外情──讀錢鍾書的《紀念》〉 台
北：《聯合文學》第五卷六期（總號54）1989年4月，頁
174-177。

楊五峰。〈徘徊在《圍城》內外──談錢鍾書《圍城》的象
徵〉《開卷》二卷七期（1980年2月），頁26-29。

楊志今。〈怎麼樣評價《圍城》〉 《新文學論叢》第三期，
1984年7月。

楊絳。〈吳宓先生與錢鍾書〉 《讀書》總期231，1998年6
月。頁13-17。

楊繼興。〈錢鍾書的小說語言諷刺三題〉 《中國現代文學研
究叢刊》第一期，1989年1月。

溫儒敏。〈《圍城》的三層意蘊〉 《中國現代文學研究叢
刊》第一期，1989年1月。

解志熙。〈人生的困境與存在的勇氣——論《圍城》的現代性〉　《文學評論》第五期，1989年5月。

解志熙。〈浪打《圍城》的回聲——四十年來《圍城》研究及其他〉　《湖南大學學報》1988年9月增刊。

鄒文海。〈憶錢鍾書〉　《傳記文學》第一卷第一期，1962年6月。

趙小斐。〈論孫柔嘉〉　《殷都學刊》第2期，1993年4月。頁59-63。

趙新予。〈從「貓」、「圍城」試評錢鍾書的歷史地位〉　《廣西大學學報》1982年第一期，頁29。

劉宏偉。〈試論《圍城》的複合主題〉　《山東社會科學》第三期，1991年3月。頁45-48。

劉新華。〈同處二十世紀中——《圍城》與《洪堡的禮物》的比較研究〉　《中國現代文學研究》第2期，1995年4月。頁164-173。

慕容龍圖。〈論錢鍾書的小說〉　《盤古》三十七期，1971年2月。頁26。

蔡芳定。〈《圍城》裡的知識份子形象〉　《中國學術年刊》第18期，1997年3月。頁389-412。

蔡新樂。〈論《圍城》的主題隱喻〉　《河南大學學報》第5期，1992年5月。

鄭朝宗。〈畫龍點睛，恰到好處——讀錢鍾書與《圍城》〉
　　《文藝報》1986年8月23日，頁3。

貳、相關參考書目

一、文學史類（依出版時間前後排列）

夏志清。《中國現代小說史》　台北：傳記文學出版社，
　　1978。

司馬長風。《中國現代文學史》（下卷）　香港：昭明出版
　　社，1978。

唐弢。《中國現代文學史》（上、中、下卷）　北京：人民文
　　學出版社，1978

田仲濟、孫昌熙。《中國現代小說史》　濟南：山東文藝出版
　　社，1984。

錢理群、吳福輝、溫儒敏。《中國現代文學三十年》　上海：
　　上海文藝，1987。

楊義。《中國現代小說史》　北京：人民文學出版社，1993。

齊昆裕、陳惠琴。《鏡與劍——中國諷刺小說史略》　台北：
　　文津，1995。

二、其他參考書

夏志清。《人的文學》　台北：純文學　1977。

夏志清。《新文學的傳統》　台北：時報文化　1985。

陳鵬翔主編。《主題學研究論文集》　台北：東大　1983

王潤華。《中西文學關係研究》　台北：東大　1978。

黃維樑。《大學小品》　香港：香江　1985。

黃維樑。《中國文學縱橫論》　台北：東大　1988。

王德威。《眾聲喧嘩》　台北：遠流　1988。

王德威。《小說中國》　台北：麥田　1993。

李澤厚，林毓生等著。《五四：多元的反思》　台北：風雲時
　　代　1989。

劉再復、林岡。《傳統中國人》　台北：時報文化　1988。

劉再復。《尋找與呼喚》　台北：風雲時代　1989。

＿＿＿＿《生命精神與文學道路》　台北：風雲時代　1989。

＿＿＿＿《放逐諸神》　台北：風雲時代　1995。

甘陽編選。《中國當代文化意識》　台北：風雲時代　1989。

金耀基。《從傳統到現代》　台北：時報文化　1980。

金耀基。《中國現代化與知識份子》　台北：時報文化　1991。

金耀基。《現代人的夢魘》　台北：商務　1992。

呂正惠。《小說與社會》　台北：聯經　1988。

陳子善。《遺落的明珠》　台北：業強　1992。

欒梅健。《二十世紀中國文學發生論》　台北：業強　1992。

楊義。《二十世紀中國小說與文化》　台北：業強　1993。

李歐梵。《中西文學的徊想》　台北：遠景　1987。

李歐梵。《現代性的追求》　台北：麥田　1997。

周英雄。《小說、歷史、心理》　台北：東大　1989。

周英雄。《文學與閱讀之間》　台北：允晨　1994。

劉若愚。《中國文學理論》　台北：聯經　1993第三版。

廖炳惠。《解構批評論集》　台北：東大　1985。

廖炳惠。《里柯》　台北：東大　1993。

顧昕。《中國啟蒙的歷史圖景》　香港：牛津大學　1992。

陳平原。《中國小說敘事模式的轉變》　上海：上海文藝　1988。

孫志文主編。《人與哲學》　台北：聯經　1989第五版。

戴維斯‧麥克羅伊著，沈志遠譯。《存在的原始憂慮——存在主義的文學運用》　台北：結構群　1989。

龍協濤。《文學解讀與美的再創造》　台北：時報文化　1993。

袁鶴翔譯。《二十世紀文學理論》　台北：聯經　1993。

胡維革著。《衝擊與蛻變：西方文化與中國政治》　台北：萬象，1993

何滿子。《中國愛情與兩性關係》　台北：商務　1995。

金宏達。《中國現代小說的光與色》　北京：書目文獻　1996。

吳士余。《中國小說思維的文化機制》　上海：華東師範大學　1990。

徐岱。《小說形態學》　杭州：杭州大學　1992。

徐岱。《小說敘事學》　北京：中國社會科學　1992。

龍泉明。《中國現代作家文化心理分析》　陝西：人民出版社　1992。

唐正序、陳厚誠主編。《二十世紀中國文學與西方現代主義思潮》　四川：人民出版社　1992。

張京媛。《後殖民理論與文化認同》　台北：麥田　1995。

李毅；張鳳江。《裂變與選擇》　遼寧：遼寧教育　1996。

王曉明編。《二十世紀中國文學史論》（第二卷）　上海：東方出版社　1997。

徐麟。《魯迅：在言說與生存的邊緣》　山東：文藝出版社　1997。

皇甫曉濤。《現代中國新文學與新文化》　山西：人民出版社　1997。

陳思和。《還原民間》　台北：東大　1997。

湯哲聲。《中國文學現代化的轉型》　南京：南京大學出版社，1995。

鄧曉芒。《中西文學形象的人格結構》　雲南：人民出版社，1996。

湯哲聲。《中國文學現代化的轉型》　南京：南京大學出版社，1995。

王溢嘉編著。《精神分析與文學》　台北：野鵝，1989。

Philip Koch著、梁永安譯。《孤獨》　台北：立緒　1997。

烏納穆諾著、蔡英俊譯。《生命的悲劇意識》　台北：遠景，1982。

雅斯培著、葉頌姿譯。《悲劇之超越》　台北：巨流，1970。

Karl Jarspers、黃藿譯。《當代的精神處境》　台北：聯經，1985。

瓦西列夫、趙永穆譯。《情愛論》　台北：時報，1988。

馬克斯‧謝勒、陳仁華譯。《情感現象學》　台北：遠流，1991。

鄔昆如著。《存在主義的真象》　台北：幼獅文化，1975。

高宣揚編。《存在主義》　台北：遠流　1993。

艾恩‧瓦特著、魯燕萍譯。《小說的興起》　台北：桂冠，1994。

馬丁。海德格著、王慶節／陳嘉映譯。《存在與時間》　台北：桂冠，1994。

＿＿＿＿＿＿、孫周新譯。《走向語言之路》　台北：時報，1993。

＿＿＿＿＿＿、孫周新譯。《林中路》　台北：時報，1996。

沙特著、陳宣良等譯。《存在與虛無》 台北：桂冠，1990。

＿＿＿、劉大悲譯。《沙特文學論》 台北：志文，1996。

卡繆著、張漢良譯。《薛西弗斯的神話》 台北：志文，1994。

佛斯特著、李文彬譯。《小說面面觀》 台北：志文，1991。

陳鼓應。《存在主義》 台北：商務，1995。

弗洛姆著，弗洛姆著，陳俐華譯。《理性的掙扎》 台北：志文，1989。

弗洛姆著，孫石譯。《自我的追尋》 台北：志文，1982。

弗洛姆著，陳華夫譯。《自我的影像》 台北：志文，1978。

弗洛姆著，孟祥森譯。《愛的藝術》 台北：志文，1997。

叔本華著、陳曉南譯。《愛與生的苦惱》 台北：志文，1974。

叔本華著、陳曉南譯。《意志與表象世界》 台北：志文，1995。

劉大悲譯。《生存空虛說》 台北：志文，1987。

弗洛依德著、林克明譯。《性學三論：愛情心理學》 台北：志文，1984。

弗洛依德著、林克明譯。《日常生活心理學》 台北：志文，1983。

恩斯特・卡西勒著、甘陽譯。《人論》 台北：桂冠 1990。

史蒂文森著、袁榮生等譯。《人生七論》 台北：商務，1994。

榮格著，鴻均譯。《榮格分析心理學——集體無意識》　台
　　北：結構群三聯，1990。

榮格著，成窮、王作虹譯。《分析心理學的理論與實踐》　北
　　京：三聯，1991。

榮格著，黃奇銘譯。《尋求靈魂的現代人》　台北：志文，
　　1996。

Terry Eagleton著、吳新發譯。《文學理論導讀》　台北：書
　　林，1994。

羅勃C‧赫魯伯著、董之林譯。《接受美學理論》　板橋：駱
　　駝，1994。

Elizabeth Freund著、陳燕谷譯。《讀者反應理論批評》　板
　　橋：駱駝，1994。

艾柯等著，柯里尼等編、王宇根譯。《詮釋與過度詮釋》　香
　　港：牛津大學，1995

龍協濤著譯。《讀者反應理論》　台北：揚智，1997。

羅洛梅（Rolo May）著、蔡坤章譯。《愛與意志》　台北：志
　　文，1985。

喬治‧歐尼爾等著、文堅譯。《現代生活危機的超越》　台
　　北：志文，1986。

賴德勒（W.J.Laderer）著、林克明譯。《婚姻生活的藝術——
　　婚姻的幻象》　台北：志文，1990。

羅素著、勒建國譯。《婚姻革命》　台北：遠流，1991。

莊耀嘉編譯。《馬斯洛》　台北：桂冠，1995。

盧卡其（Georg Lukacs）著、楊恆達譯。《小說理論》　台北：唐山，1997。

Michael Payne著、李爽學譯。《閱讀理論——拉康、德希達與克麗絲蒂娃導讀》　台北：書林，1997。

柳鳴九主編。《「存在」文學與文學中的「存在」》　北京：中國社會科學出版社，1997。

斯坦利・費甚著、文楚安譯。《讀者反應批評：理論與實踐》　北京：中國社會科學出版社，1998。

莫瑞・克里格著、李自修等譯。《批評旅途：六十年代之後》　北京：中國社會科學出版社，1998。

李幼蒸著。《欲望倫理學》　嘉義：南華管理學院，1998。

倪文尖著。《欲望的辯證法》　上海：遠東，1998。

馬森主編。《文學與革命》　台北：駱駝出版社，1998

三、中、英文學位論文

麥炳坤。《論錢鍾書的散文與小說》　香港中文大學研究院語文學部碩士論文。1976年。

許佩馨。《錢鍾書小說〈圍城〉與〈人獸鬼〉研究》　東吳大學中文所碩士論文1996年。

Huter, Theodore "Illumination of Chinese Fictional Conventions in Qian Zhong Shu's Wei Cheng" Selected paper in Asia Studies, (1976) p.p.150-160.

Hu, Dennis T. "A Linguistic-Literary Study of Chien Chung-Shu's Three Creative" Work.Ph.D. Dissertation, University of Winconsin, Madison, 1997.

Huters, Theodore David, "Traditinal Innovation: Qian Zhong-Shu and ModernChinese Letters", Ph.D. dissertation, Stanford University, 1997.

論文刊載於各學術期刊年表

1.〈追尋與失落──論錢鍾書小說中的情感世界〉

（刊登於《中國現代文學理論季刊》第十四期，1999.6）

2.〈審視與反思──論錢鍾書小說中的文化命題〉

（刊登於台灣《中外文學》月刊第30卷第11期，2002.4）

3.〈從存在主義論錢鍾書小說中的圍城人生〉

（刊登於《興大中文學報》第17期，2005.6）

文學視界53　語言文學類　PG1014

知識份子的存在與荒謬
——錢鍾書小說的主題思想

作　　者/辛金順
責任編輯/鄭伊庭
圖文排版/楊家齊
封面設計/秦禎翊

發　行　人/宋政坤
法律顧問/毛國樑　律師
出版發行/秀威資訊科技股份有限公司
　　　　　114台北市內湖區瑞光路76巷65號1樓
　　　　　電話：+886-2-2796-3638　傳真：+886-2-2796-1377
　　　　　http://www.showwe.com.tw
劃撥帳號/19563868　戶名：秀威資訊科技股份有限公司
　　　　　讀者服務信箱：service@showwe.com.tw
展售門市/國家書店（松江門市）
　　　　　104台北市中山區松江路209號1樓
　　　　　電話：+886-2-2518-0207　傳真：+886-2-2518-0778
網路訂購/秀威網路書店：http://www.bodbooks.com.tw
　　　　　國家網路書店：http://www.govbooks.com.tw

2014年5月　BOD一版
定價：300元
版權所有　翻印必究
本書如有缺頁、破損或裝訂錯誤，請寄回更換

國家圖書館出版品預行編目

知識份子的存在與荒謬：錢鍾書小說的主題思想
/ 辛金順著. -- 一版. -- 臺北市：秀威資訊
科技, 2014.05
　　面；　　公分. -- (語言文學類；PG1014)
BOD版
ISBN 978-986-326-228-2(平裝)

1. 錢鍾書　2. 現代小說　3. 文學評論

857.63　　　　　　　　　　　103001385

讀 者 回 函 卡

感謝您購買本書,為提升服務品質,請填妥以下資料,將讀者回函卡直接寄
回或傳真本公司,收到您的寶貴意見後,我們會收藏記錄及檢討,謝謝!
如您需要了解本公司最新出版書目、購書優惠或企劃活動,歡迎您上網查詢
或下載相關資料:http:// www.showwe.com.tw

您購買的書名:_____

出生日期:_____年_____月_____日

學歷:□高中 (含) 以下　　□大專　　□研究所 (含) 以上

職業:□製造業 □金融業 □資訊業 □軍警 □傳播業 □自由業
　　　□服務業 □公務員 □教職　□學生 □家管　□其它____

購書地點:□網路書店 □實體書店 □書展 □郵購 □贈閱 □其他

您從何得知本書的消息?

　□網路書店 □實體書店 □網路搜尋 □電子報 □書訊 □雜誌

　□傳播媒體 □親友推薦 □網站推薦 □部落格 □其他_____

您對本書的評價:(請填代號 1.非常滿意 2.滿意 3.尚可 4.再改進)

　封面設計____ 版面編排____ 內容____ 文/譯筆____ 價格____

讀完書後您覺得:

□很有收穫 □有收穫 □收穫不多 □沒收穫

對我們的建議:_____

_____

_____

_____

11466
台北市內湖區瑞光路 76 巷 65 號 1 樓

秀威資訊科技股份有限公司　　　收

BOD 數位出版事業部

....

（請沿線對折寄回，謝謝！）

姓　　名：＿＿＿＿＿＿＿＿＿　年齡：＿＿＿＿＿　性別：□女　□男

郵遞區號：□□□□□

地　　址：＿＿＿＿＿＿＿＿＿＿＿＿＿＿＿＿＿＿＿＿＿＿

聯絡電話：(日) ＿＿＿＿＿＿＿＿＿＿　(夜) ＿＿＿＿＿＿＿＿＿＿

E-mail：＿＿＿＿＿＿＿＿＿＿＿＿＿＿＿＿＿＿＿＿＿